山东文化体验廊道故事丛书·上编

沂蒙精神
故　事

YIMENG JINGSHEN
GUSHI

总编纂　王志民
主　编　徐东升

山东文艺出版社

图书在版编目（CIP）数据

沂蒙精神故事 / 徐东升主编. — 济南：山东文艺出版社，2023.9

（山东文化体验廊道故事丛书）

ISBN 978-7-5329-6917-3

Ⅰ.①沂… Ⅱ.①徐… Ⅲ.①历史故事—作品集—中国 Ⅳ.①I247.8

中国国家版本馆CIP数据核字（2023）第105999号

沂蒙精神故事

YIMENG JINGSHEN GUSHI

总编纂 王志民　　主编　徐东升

主管单位	山东出版传媒股份有限公司
出版发行	山东文艺出版社
社　　址	山东省济南市英雄山路189号
邮　　编	250002
网　　址	www.sdwypress.com

读者服务	0531-82098776（总编室）
	0531-82098775（市场营销部）
电子邮箱	sdwy@sdpress.com.cn

印　　刷	山东临沂新华印刷物流集团有限责任公司
开　　本	880 毫米×1230 毫米　1/32
印　　张	6.5
字　　数	140千
版　　次	2023 年 9 月第 1 版
印　　次	2023 年 9 月第 1 次印刷
书　　号	ISBN 978-7-5329-6917-3
定　　价	59.00元

前　言

党的二十大报告明确提出："坚守中华文化立场，提炼展示中华文明的精神标识和文化精髓，加快构建中国话语和中国叙事体系，讲好中国故事、传播好中国声音，展现可信、可爱、可敬的中国形象。"习近平总书记在文化传承发展座谈会上深刻指出，要在新起点上继续推动文化繁荣、建设文化强国、建设中华民族现代文明。编纂出版《山东文化体验廊道故事丛书》（以下简称《丛书》）是深入学习贯彻党的二十大精神和习近平总书记重要指示精神，贯彻落实山东省委、省政府关于打造文化"两创"新标杆部署要求的重要举措，是立足山东文化资源优势，以沿黄河、沿大运河、沿齐长城、沿黄渤海和沿胶济铁路等文化体验廊道为轴线，以各市文化体验廊道建设为着力点，撷取历史文化精华的大型普及性学术工程，是在新的历史起点上讲好山东故事、坚定文化自信、推动文化繁荣、促进文旅结合的重点文化项目。

山东，古称"齐鲁之邦"，是中华文明最重要的发源地之一。奔流的黄河由山东入海，齐鲁大地是黄河文明的核心区域之一。巍峨屹立的泰山，自古以来就是历代帝王封禅之地，是中国东方上层文化的活动中心，1987年被联合国教科文组织列为中国第一个世界文化、自然双重遗产。黄渤海环绕的山东半岛是全国最大的半岛，漫长海岸线形成了丰厚的海洋文化资源，一直是中国北方海上丝绸之路的重要门户。山东又是伟大思想家、教育家孔子和孟子的故乡，是儒家文化的发源地，是中国人乃至全球华人、华裔心中的"圣地"。在被称为中华文明"轴心时代"的春秋战国时期，齐鲁是中华文明的"重心"所在：诸子百家，多出齐鲁；儒墨显学，独领风骚。齐国故都临淄，是当时最大的工商业都城，被国际足联命名为"足球起源地"；这里诞生了中国历史上最早的大学堂——稷下学宫，是诸子百家争鸣的学术文化中心；齐长城西起济水，东到大海，蜿蜒于泰沂山脉，全长一千余里，是现存最早的有准确遗迹可考、保存状况较好的古代长城；被列为世界文化遗产名录的京杭大运河，纵贯山东南北，极大影响了元明清以来山东地区的经济文化发展，鲁西沿岸城市带的崛起，成为中国南北文化交流融合的运河明珠，见证了山东地区社会文化的隆替嬗变。近代以来，随着烟台、青岛等沿海城市的崛起和胶济铁路的修筑，山东成为中西文化交流、冲突、碰撞、融合的核心地区之一，收回青岛主权成为"五四"爱国运动的导火索。革命战争年代，山东党政军民用生命和鲜血凝聚而成的"党群同心、军民情深、水乳交融、生死与共"的"沂蒙精神"，是齐鲁优秀文化、伟大建党精神与中国共产党领导的人民革命英雄主义精神的集中体现，是对山东境内沂蒙、胶东、渤海、鲁西（冀鲁豫边区）

等抗日革命根据地红色文化、革命精神的集中凝练和概括，与延安精神、井冈山精神、西柏坡精神等一起成为中国共产党人精神谱系的重要组成部分。齐鲁文化在中华文明发展中的特殊地位，山东地区源远流长、丰富厚重的文化资源，坚定文化自信和自觉的历史责任担当是我们举全省之力编纂《丛书》的内在动力。

《丛书》以国家文化公园建设为引领，以落实文化"两创"、推动"两个结合"为宗旨，以推动全省及各市文化建设为目标，是具有权威性、故事性、可读性、趣味性的历史故事集成，是一套可携带、可利用、可转化的文化读本。《丛书》分为上、下两编，上编16本，围绕"四廊一线"文化体验廊道、八大文化传承发展片区展开。"四廊一线"构筑的沿黄河、沿大运河、沿齐长城、沿黄渤海、沿胶济铁路的文化交通线纵横交错，相互联系又各具特色，其特点是以脍炙人口的故事形式联通"四廊一线"的人物事迹、重点景区、遗址遗迹等，厚植文化体验廊道的思想内涵和文化底蕴。八大文化传承发展片区，既涵盖了沂蒙、渤海、鲁西、胶东四大红色文化片区，又吸收了泰山文化、儒学文化、齐文化作为重要支撑，演奏出山东历史文化、革命文化、社会主义先进文化的时代交响。下编16本，紧紧围绕各地市优势和特色展开，主要记述本地区历史故事、文化遗址与人文景观、非物质文化遗产等内容，是推动文化廊道落地、推进片区文化建设、增强文化认同、深化文旅体验的重要载体。

《丛书》由山东省委常委、宣传部部长白玉刚统筹谋划和指导，省委宣传部专门组建学术编纂委员会负责具体实施，省直各有关部门和各市委宣传部给予大力支持配合，省内相关高校、研究机构和各市有关单位共100余位专家学者积极参与，历经酝酿策划、启动实施、提纲设计、样稿研讨、通稿审稿、编辑出版等六个阶段。2022年以来，省委、省政府先后印发《关于打造中华优秀传统文化"两创"新标杆行动计划（2022—2025年）》《关于建设文化体验廊道推动文旅融合高质量发展的实施计划（2023—2025年）》，全方位挖掘展现山东人文沃土可以深度耕作的比较优势，为《丛书》编纂做好了思想、学术和组织准备。具体编纂过程中，省委宣传部专门印发《关于做好〈丛书〉编纂工作的指导意见》，统一思想认识，作出全面部署。编委会以线上线下形式，多次召开全体会议和分组专题会议，狠抓三个重要工作节点：**一是审定编撰提纲。**通过反复研讨、交流、修改、会审等形式逐一审定编写提纲，最大程度保证全书质量。**二是树立样稿典型。**集中力量撰写、反复研讨修改，确定分类样稿，做好典型导引。**三是全力做好通稿统审。**采用主编初审、各卷主编交流互审、学术专家主审、首席专家终审等层层把关、集中审查、反复修改的方式提高稿件质量。

回顾《丛书》编纂工作，始终注意把握好以下四个方面：**一是坚定文化自信。**通过挖掘历史资料、开发历史资源、恢复历史场景等形式，获取文化营养，坚定文化自信。**二是助推文化自觉。**通过传承弘扬优秀传统文化、红色文化、社会主义先进文化，深入挖掘历史先贤和革命先烈的伟大事迹，推动文化自觉，与培育践行社会主义核心价值观有机结合。**三是落实文**

化"两创"。精选真实历史故事，注重挖掘故事背后的文化内涵，推动齐鲁优秀传统文化在新时代创造性转化和创新性发展，推进文化自信自强。**四是服务文旅融合。**借助故事、景观、遗址、非遗讲解词、短视频等融媒体形式，让广大读者在区域文化旅游、廊道文化体验中感受中华文化的博大精深，增强民族自豪感和自信心。

在内容撰写上注重四个结合：**一是与廊道体验相结合。**突出廊道建设概念，以故事为纬线，以时代发展为轴线，通过富有魅力的故事讲述，展示历史人物、景观、史实，引领读者体验传统文化的恢宏气势和博大精深。**二是与景观建设相结合。**以真实动人的故事为景观建设提供重要的历史资源和文化依据，通过一个个精品景观建设展示历史故事的丰富内涵和当代价值。**三是与文物保护相结合。**通过讲述历史故事，让广大读者进一步了解相关文物、遗址的历史文化价值，提升文物保护意识，推动群众性文物保护工作再上新台阶。**四是与媒体利用相结合。**立足于故事转化，使故事成为各类媒体传播的重要基础、蓝本和素材，成为廊道文化、片区文化讲解、传播的重要学术依据和资料来源。

《丛书》的编纂出版，是普及、传播优秀传统文化，推动文化"两创"的新尝试。衷心希望广大读者通过阅读本书，吸收丰富文化营养，多提宝贵修改意见。

编者

2023 年 8 月

导　语

　　2013 年 11 月，习近平总书记在山东临沂考察时指出，沂蒙精神与延安精神、井冈山精神、西柏坡精神一样，是党和国家的宝贵精神财富，要不断结合新的时代条件发扬光大，山东是革命老区，有着光荣传统，军民水乳交融、生死与共铸就的沂蒙精神，对我们今天抓党的建设仍然具有十分重要的启示作用。沂蒙精神来源于人民群众的伟大实践，富有鲜明的时代特色，随着历史的发展、时代的前进，它的内涵必然会在实践中不断丰富和完善。经中央批准，沂蒙精神的内涵被确定为"党群同心、军民情深、水乳交融、生死与共"。沂蒙精神充分展示了人民群众坚定跟党走的政治信念和顾全大局、勇于担当的思想意识，充分体现了沂蒙人民在党的领导下开拓奋进、顽强拼搏的精神风貌和无私奉献的价值取向。

　　"沂蒙"一词最早出现在革命战争年代。沂蒙山既不是一座山，也不是一道山脉，国家正式版图上没有以"沂蒙山"这三个字命名的山脉或地名。1938 年 5 月，时任中共苏鲁豫皖边区省委书记郭洪涛致毛泽东等人一封电报，其中列述了选择和创建沂蒙山区根据地的理由。1938 年 7 月，中央复电：这个战略计划很好，望即照此去做。在党中央领导下，沂蒙革命根据地很快建立起来。从这个意义上说，沂蒙山是一座革命高山、精神高山。沂蒙根据地大致包括现在山东省临沂市的三区九县和淄博市的沂源县，日照市的莒县、五莲县，潍坊市的临朐县，济宁市的泗水县，泰安市的新泰，枣庄市中区、台儿庄区、山亭区的一部分，江苏省连云港、新沂、赣榆、东海等地的一部分地区等。

沂蒙地区是山东建党较早的地区之一。中共一大代表、山东党的最早组织者和领导者王尽美，就是沂蒙山区莒县北杏村（今属山东省诸城市）人。1927 年春，沂蒙地区第一个共产党组织——沂水支部诞生。之后，许多党的地方组织相继成立。自从有了中国共产党，沂蒙人民在黑暗迷茫中看到了革命胜利的曙光。他们在实践中认定，中国共产党是全心全意为人民谋利益的政党，只有坚定不移地跟着共产党走，人民才能翻身得解放，穷人才能过上好日子。所以，沂蒙人民以极大的革命热情，义无反顾地投身于中国共产党领导的伟大革命斗争中。

沂蒙地区是中国革命战争的后方战略基地之一，是全国著名的抗日根据地和解放区之一。八路军山东纵队、第一一五师和地方武装，在沂蒙人民的无私奉献和大力支持下，创建了以沂蒙山区为中心的山东抗日根据地，山东党政军领导机关一直驻扎于这里。中国共产党领导下的第一个省级人民政府——山东省政府在此诞生，沂蒙军民与日本侵略者浴血奋战，粉碎了日军无数次的"扫荡"，巩固和扩大了抗日根据地，发展和壮大了人民革命力量，终于赢得了抗日战争的伟大胜利。全面内战爆发后，国民党反动军队向山东解放区大举进攻，沂蒙军民奋起反击，先后粉碎了国民党反动军队的全面进攻和重点进攻，扭转了华东战局，开始战略大反攻。老一辈革命家刘少奇、陈毅、罗荣桓、徐向前、粟裕等都曾在沂蒙地区工作过、生活过、战斗过。1955年至1965年授衔的共和国将帅中，有3位元帅、2位大将、13位上将、64位中将和349位少将曾在蒙山沂水间转战南北。中共华东局、华东军区、华东野战军在临沂成立。临沂不仅成为山东解放区的首府，还发展为华东地区的战略指挥中心。

在艰苦卓绝的革命战争年代，沂蒙人民与共产党及其领导的人民军队血肉相连，生死相依，鱼水情深。为了支援革命战争，沂蒙人民踊跃参军，奋勇参战，全力支前。"最后一粒米做军粮，最后一尺布做军装，最后一个儿子送战场。"这是当年沂蒙人民拥军支前的真实写照。尤其沂蒙妇女，表现最为突出。她们送子、送郎参军，缝军衣、做军鞋、碾米磨面烙煎饼，抬担架、救伤员。用乳汁救护八路军伤员的"沂蒙红嫂"明德英，即便放下自己的亲孙子也要抚养革命后代的"沂蒙母亲"王换于，以及孟良崮战役中的支前模范"沂蒙六姐妹"，等等，一批英雄模范人物给我们留下了许许多多动人的故事，感人至深、催人泪下。据不完全统计，仅在解放战争期间，沂蒙全区中，就有20万人参军，120万人次支前参战，6万多人牺牲。可以说，沂蒙大地"乡乡有红嫂，村村有烈士"，沂蒙人民用鲜血和生命谱写了一曲曲感天动地的英雄赞歌。在这片红色的土地上，沂蒙人民与山东党政军一起，共同铸就了党群同心、军民情深、水乳交融、生死与共的沂蒙精神。

我们编写这本《沂蒙精神故事》的目的，就是希望通过一个个丰富生动鲜活的历史故事，来阐释沂蒙精神的科学内涵和时代价值，让今天的人们更加深刻地了解沂蒙地区的这段革命历史，让人们认识到今天的幸福生活来之不易，从而增强沂蒙精神育人的艺术性和感染力，并使这一宝贵的精神财富一代一代地传承下去，为实现中华民族的伟大复兴而努力奋斗。

目　录

一

党群同心

沂蒙根据地是在中国共产党和沂蒙人民齐心协力中建立和发展起来的。1921年中国共产党成立后就确立了带领中国人民实现民族解放的目标，这一目标正是沂蒙人民迫切想实现的愿望。在中国共产党的影响下，沂蒙人民逐渐意识到中国共产党与他们有共同的任务、共同的目标，同时他们也逐渐意识到中国共产党是为人民谋解放、谋幸福的，因此沂蒙人民逐渐坚定了跟党走的信念。在中国共产党的领导下，沂蒙党政军民勠力同心、浴血奋战，在蒙山、沂水间书写了英勇不屈的壮丽篇章。弘扬党群同心的沂蒙精神对传承中国共产党的革命精神，提升国家文化软实力，激发全体人民积极投身建设社会主义现代化国家具有重要意义。

（一）一心为民

中国共产党及其领导的人民军队一到沂蒙地区就践行为人民谋幸福的初心和使命。从党和人民军队的高级领导干部到普通战士，中国共产党人用自己的行动践行着全心全意为人民服务的宗旨。他们以身作则、敢于牺牲，为了人民的利益，舍生取义，他们的名字永远镌刻在沂蒙人的心中。中国共产党人身上的为民情怀、奉献精神、担当意识，鼓舞和激励着沂蒙人民不怕困难、不畏艰辛、不惧风险。

1. 对崮峪战斗中的黎玉

黎玉，1906 年生于山西省崞县（今原平），原名李兴唐。1926 年加入中国共产党。为恢复和重建沂蒙地区的党组织，1936 年春，黎玉只身来到山东，先后担任山东省委书记、中共中央山东分局代书记、山东省政府主席、新四军兼山东军区副政委、华东军区副政委等职。几十年间，他的生命与沂蒙这片红色的土地紧紧联结在一起。

全民族抗战时期，在黎玉、罗荣桓等人的领导下，山东地方部队与八路军第一一五师积极配合，巩固、扩大了沂蒙抗日根据地。这些战斗中就包括粉碎了敌人"合击"阴谋的对崮峪战斗，黎玉在这次战斗中不幸负伤。

1942 年 10 月，八路军山东军区截获一份日军情报：日军将出动万余人，分两期"扫荡"滨海地区。随后，山东军区政委兼山东战工会主任黎玉、山东军区副司令员王建安、山东战工会秘书长李竹如、山东军区政治部主任江华等人遂率领中共中央山东分局、山东军区、战工会、抗大一分校等机关单位，在山东军区直属特务营的护卫下，从滨海甲子山区向沂蒙地区转移。

黎玉

果不其然，日军出兵并配属加强炮兵和航空兵，对沂蒙抗日根据地进行大"扫荡"，采取"拉网合围"式袭击，从四面八方推进、合拢、搜索，不放过任何一个角落，就像用梳子梳头一样，妄图一举消灭我军在山东的领导机关。

山东战工会、山东军区、鲁中二军分区等机关的工作人员，以及沂南、沂水县的群众总计约8000人被敌人拉进合围圈。黎玉等人采用灵活机动的战略战术，经过两天血战，硬是带领大家从敌人的重围中分路突围。

谁知，刚刚突出包围圈的山东军区、战工会等组织的1000多人由于未能及时转移，又一次深陷重围。面对严峻形势，黎玉、王建安、李竹如充分分析敌情后，果断决定向群众基础好、地形有利的沂水对崮山方向转移。然而，得到消息的日伪军突然从临朐、蒙阴和莒县方向集结大批兵力，向他们围拢过来。但我军当时只有直属特务营有战斗力，其余都是非战斗人员。在这关键时刻，黎玉、王建安指挥军队转向拥有制高点的对崮峪。特务营在半小时内就爬到了制高点对崮山山顶，并即刻构筑防御阵地。

对崮山，当地老百姓也叫它"笛崮山"，山顶面积不大，东西约 500 米、南北约 250 米，周围有一圈已经倒塌了的围墙，还有破屋断壁。西面和南面是山坡，东面是悬崖峭壁，东北方向有一个小山崮与主峰相对。就在此时，国民党第五十一军一一三师上校军需处长周日丰率人来到山下，并派人与我军联络，请求上山合作、共同抗日。黎玉、王建安考虑过后同意周日丰部上山，并对山上的所有军队做了统一部署，北面、东北面由五十一军和我军共同防守，东南面和西面由我军各部防守。

凭借优势兵力，敌军炮兵很快占据了北崮，以猛烈火力轰击主峰约 40 分钟。之后，步兵、骑兵在炮火的掩护下同时从北、西、东南三个方向向对崮山主峰发起进攻。北崮和主峰之间有一条深沟，敌军主力一部从沟底出发，以马尾松作为掩护，连连向主峰进攻。我军在黎玉、王建安等人的领导下，与五十一军并肩作战，依靠有利地形、奋勇杀敌，一次次击退了敌人的进攻。东南面是敌人攻击的主要方向，二军分区一团团长刘遇泉、政委王锐、政治处主任张圣符都在一线指挥战斗。

没承想，日军从沂水调来两架飞机，向崮顶轮番投弹、扫射，地面之敌则以大炮配合步兵冲锋，妄图从东南方向突破上山，但连续几次进攻都被打退。我军子弹很快打完了，遂与敌人展开白刃战。在激烈的搏斗中，日军的尸体横七竖八，特务营也牺牲惨重，王继贤身中炮弹壮烈牺牲，周日丰在指挥士兵反冲锋时也中弹牺牲。历经惨烈厮杀，我军终于打退了敌人的冲锋。至此，西面阵地上也只剩寥寥几人幸存。

黎玉后来在回忆此次战斗的惨烈状况时说，他亲眼看见接替王继贤指挥的谢训被一颗子弹打中右眼，鲜红的血顺着面颊流下，但他竟就圆睁左眼，给战士们打气，要坚持战斗到黄昏。宣言刚说完，他就倒下了，再也没有起来。

至此，即便把军区机关能够投入战斗的参谋、干事，以及首长的警卫人员等都算在内，能拿枪作战的也已不足百人了。包括黎玉、王建安和李竹如在内的领导干部都行动起来，挥着手枪投入战斗。黎玉等领导干部跟战士共进退，这种大无畏的精神大大鼓舞了我军士气。激战至黄昏，在销毁文件、密码和电台后，领导机关在特务营的掩护下分头冲下对崮山。随着江华的一声号令，突围开始了。江华带一个班率先从东北角一跃而下，杀出一条血路，后面的同志迅即分散开来向山下冲。战斗中，李竹如牺牲，黎玉中弹负伤，右手食指被子弹打断。敌军还对在后面打掩护的特务营发起了冲锋。特务营坚决抗击，伤亡极其惨重，最后仅剩下14人。当敌人攻上主峰时，营长一声令下，14人从东边跳下悬崖，6人壮烈牺牲。

在黎玉等人的领导下，我军最终2000多人成功突围，粉碎了日军妄图在沂蒙山区合围消灭我军山东领导机关的企图，在抗日战争史上创下以少胜多、以弱胜强的突击战例。战士们用热血和生命诠释了中国人民誓与敌人血战到底的英雄气概，他们铸就的历史丰碑，永驻沂蒙人心间。

2. 出奇制胜的粟裕

在中华人民共和国的开国将帅中，有一位被人们誉为"战神"。他一生战功显赫，创造了许多传奇的战绩，仅在沂蒙地区,他就指挥了鲁南战役、莱芜战役、孟良崮战役等经典战役,展示出高超的军事指挥艺术和杰出的军事指挥能力,他就是粟裕。现在,让我们把画面切换到鲁南战役。

粟裕

1946年6月,国民党蒋介石政府撕下伪装,开始向解放区发动蓄谋已久的大规模军事进攻,内战全面爆发。9月,我华中野战军与山东野战军会师,形成了强大的作战力量。12月中旬,华中野战军与山东野战军在江苏宿迁一带发起宿北战役,一举歼灭国民党军共2.1万余人,沉重打击了国民党军。宿北战役尚未鸣金时,依据中央军委的战略意图,粟裕便开始谋划新的战役。在深入分析华东局势后,粟裕提出回师鲁南,发起鲁南战役,扭转鲁南局面,方案得到陈毅的完全支持。陈毅、粟裕遂将方案报请中央军委酌定,中央军委批准了鲁南战役方案。

战役方案已定,对于具体攻击目标,粟裕认为,尚需仔细思量。开始,粟裕拟定先打弱敌冯治安部之整编第五十九师,斟酌一番后,决定还是先打强敌整编第二十六师和第一快速纵队。为什么先打这个强敌?粟裕认为,整编第二十六师系敌鲁南主力,如该师被歼,全局好转;而若先打冯治安部,则恐一时难以使鲁南局面改观。

先打强敌,可谓反常用兵。反常用兵,出奇制胜,是粟裕的惯用战法。为了便于指挥，粟裕提出，将参战部队变成左、右两个纵队。右路纵队的任务是，攻占敌军防御地区左翼诸山要点，切断敌军向峄县、枣庄的退路，并阻击增援之敌，得手后再攻向城，隔断敌第一六九旅与第四十四旅之间的联系。左路纵队的任务是首先围歼卞庄之敌，同时切断整编第二十六师与整编第三十三军的联系，在右路纵队的配合下攻歼敌第一六九旅和第一快速纵队。

1947 年 1 月 2 日晚，鲁南战役打响。我军动作迅猛，以排山倒海之势冲向敌人各守备要点，打得敌人晕头转向，仓皇应战。右路纵队激战至 3 日拂晓，除石龙山守敌一个营逃走外，其余各处守敌均被歼灭，第四十四旅所剩无几。左路纵队于当夜包围卞庄，占领了外围区域，然后对敌人进行战术切割包围。国民党军虽匆忙组织兵力反击，炮火阻拦，坦克增援，但在我军多路攻击之下，均没成功。3 日晚，我右路纵队向敌人发起猛攻，经过彻夜激战，敌整编第二十六师大部被消灭。此时，敌第一快速纵队也被我军紧紧包围在陈家桥附近的狭小区域。

第一快速纵队号称"国军精华"，拥有十几辆坦克，几百辆汽车，骄横得不可一世。4 日上午，正当我军发起对敌快速纵队的攻击时，天气由阴转雨，雨中夹雪，寒风刺骨。有人问粟裕，天气恶劣，计划是否有所改变？粟裕说，不变。粟裕认为这是天时相助。风雪交加，道路难行，一旦重型装备陷在营地，敌人就难以逃脱。虽然云层很低，但敌人还是派飞机前来支援地面部队。当时，粟裕在前线指挥所用所缴获的报话机听到了敌人的空投联络。粟裕立即命令部队选定地点，依据国民党军的约定，布置好地、空联络标志。过了一会儿，敌人的一部分救援物资果然投到我军阵地。困守之敌见空中和地面部队增援无望，开始脱离阵地落荒而逃。我军立即发起攻击，将快速纵队之第八十旅歼灭于陈家桥以西地区。此时，敌坦克、汽车、炮兵与步兵混杂在一起，溃乱一团地向西涌去，沿着苍山县的下湖、漏汁湖之线朝峄县方向夺路窜逃。此刻，敌人西逃之路已经被解放区军民破坏。他们布设了地雷，挖掘了反坦克沟，加上洼地泥泞，敌人许多汽车和火炮在半路动弹不得。我军便对敌展开猛烈追击、侧击、堵击。仅几个小时，解放军就把由美军装备训练、蒋纬国苦心经营的这支坦克部队打成了"聋子""瞎子""瘫子"。敌军除少辆坦克趁隙逃往峄县外，美械装备的整编第二十六师和第一快速纵队全部覆灭。

战斗刚结束，粟裕就带领随从人员赶赴作战现场查看。他仔细观看战后每处场景。在询问俘房兵时，第一快速纵队一个被俘军官垂头丧气地说道，他们在印缅战场作战多年，一直往前冲，美国人也高看他们一眼，想不到今天折戟沉沙，会败得这样惨！

3. 抗日女杰陈若克

陈若克，祖籍广东顺德，1919 年出生于上海。幼年曾读过一段时间的小学。父亲病故后，陈若克便同母亲一起进工厂做工。由于斗争意识强，陈若克小小年纪就赢得了工人的拥戴。1936 年 8 月，陈若克加入了中国共产党，并成为支部负责人之

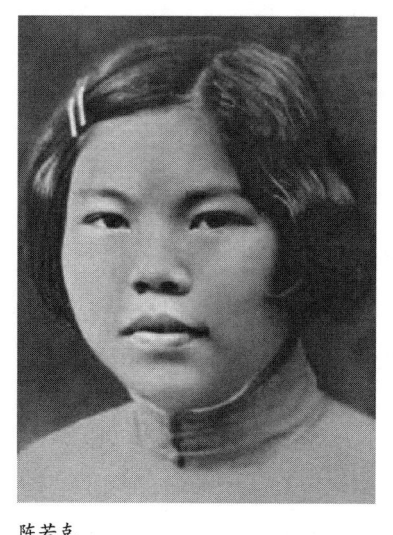

陈若克

一。1937年，淞沪抗战爆发后，陈若克随厂迁往武汉。

1939年，陈若克跟随丈夫朱瑞来到山东抗日根据地，其后，担任过山东临时参议会驻会委员和山东省妇女救国联合会常委等职务。1941年深秋，数万日兵大举"扫荡"沂蒙山区，陈若克所在的部队需要立即转移。此时她已有身孕，临近分娩，房东王换于大娘劝她留下来，她对大娘说，她是个领导干部，不能为了个人安全躲起来，她要号召同胞们一去抗战。

在突围过程中，隐藏在大崮顶的陈若克挺着大肚子坚持与山东分局后勤人员一起检查被服厂和伤病员的隐蔽和转移情况。11月7日，大崮顶突遭敌人飞机、大炮的轮番轰炸，在击退敌人的几次进攻后，掩护部队决定紧急撤退。撤退当天的夜里，即将临产的陈若克在同志们的照顾下艰难前行。持续加剧的阵痛使她行动迟缓，最终她与突围大部队失去了联系。

依靠坚强的意志力，陈若克咬牙走了五六个小时。拂晓时分，她再也支撑不住了，便让警卫员到附近的村里找个老大娘来帮忙接生。不等警卫员返回，孩子就生下来了，没有包孩子的衣被，陈若克就脱下王换于大娘送给她的大褂子，把这个在转移途中出生的女儿包起来。不幸的是，婴儿的哭声引来一队搜捕的日军，面对端着刺刀的敌人，陈若克下意识地去掏手枪，可是，在大崮山时，手枪就已经被别的同志带走了。面对凶残的日军，陈若克毫不畏惧，徒手与之搏斗，日军残忍地用枪托把她砸昏在地。就这样，陈若克被捕了！

日军不知道陈若克的身份，只觉得这个女人很不一般，从她身上看不到刚生完孩子的女人的脆弱，更看不到普通女人面对敌人的胆怯。给她食物，她不吃；问她问题，她不说。束手无策的日军小队长只好把她押往位于沂水城的宪兵司令部，妄图在那里审问出个结果。押解途中，敌人将陈若克横在马背上，手脚拴在马鞍上，刚出生的婴儿则被装进马料袋里。婴儿被马草扎得扯着嗓子拼命哭喊，母女俩就这样颠簸了100多里。听着女儿渐渐微弱的哭声，陈若克的心都碎了，但为了革命事业，坚强的她没有在日军面前掉一滴眼泪。一到日军宪兵司令部，陈若克就被直接送到审问室，宪兵队队长亲自审问陈若克。

满脸坚强和仇恨的陈若克，面对敌人的审问不屈不挠，直言自己是"抗日的"，让翻译官深感窘迫，宪兵队队长也无言以对。看到敌人停止审问，陈若克以死相逼，誓不做阶下囚。日军想留活口，逼她招供。

然而，陈若克就一直保持沉默，一心求死。她早就坚定信念，随时为革命献出自己的生命。早在两年前，她就向丈夫要了一支手枪随身带着。这次在王换于大娘家分别时，丈夫还一直提醒她带好手枪。只是，当她真的想要壮烈赴死时，手枪却没有在身边。这次被捕，给了她更严峻的考验。

审问不出有用信息的敌人恼羞成怒，用烧红的烙铁烙在陈

11

若克的背上，她惨叫一声昏死过去。醒来后，日军再次审问。陈若克依然严守机密。

日军被一身傲气的陈若克刺激得暴跳如雷，火红的烙铁又一次烙在陈若克的胸部、脸部。她一声不吭，直到昏死过去。狂妄的日军企图用暴力摧毁一个党员的意志，显然他们失败了。

昏迷的陈若克被抬进牢房，因疾病突然发作，陈若克频繁打嗝，奇怪的声响惊动了同一牢房的杨以淑。杨以淑曾在陈若克小产时为她做过特护。看到厚厚纱布被血浸透、紧闭双眼、伤痕累累的陈若克，杨以淑忍不住哭了起来。听到哭声，陈若克缓缓睁开眼睛，她认出了杨以淑，虚弱而又坚定地鼓舞杨以淑。

看到酷刑不能奏效，敌人就换另一种手段对付陈若克。因为陈若克没有奶水，敌人就给她送来一瓶牛奶，想利用母亲疼爱孩子的天性让这个倔强的女人开口。

从生下来就没喝过一口奶的孩子几乎都哭不出声了，只有干瘪的小嘴翕动着。可怜的孩子揉碎了陈若克的心，但她依然不为诱惑所动。她坚决地把日军送来的牛奶摔在地上，决意让孩子跟着她一起绝食赴死。

11月26日，日军残忍地杀害了陈若克母女。行刑前，孩子微弱的哭声唤醒了陈若克，她挣扎着站起来，咬破一根手指，她把手上的鲜血滴进孩子的嘴里。敌人痛下毒手，年仅22岁的陈若克与刚出生不足整月的女儿壮烈牺牲。

12月中旬，当地群众冒着生命危险，将陈若克母女的遗体偷运到沂南县东辛庄，安葬在王换于大娘自家的菜地里。

得知妻子和女儿牺牲的消息，朱瑞悲痛不已。送葬那天，这位战场上镇定自若的将领号啕大哭，痛不欲生！

2014年9月1日，民政部公布第一批在抗日战争中顽强奋战、为国捐躯的300名著名抗日英烈和英雄群体名录，陈若克位列其中。这位为革命事业献出宝贵生命的女战士值得我们永远铭记。

4. 巾帼英烈辛锐

1941年，日军对沂蒙山区进行"扫荡"，一名年轻的女战士为了掩护同志们撤退，陷入敌人的包围。眼看敌人越来越近，她毫无惧色地拉响了留在身上的手榴弹，献出了年轻的生命。这名女战士就是辛锐。

辛锐，1918年出生于山东章丘，原名辛树荷。1937年，日本发动了全面侵华战争，为了抗击日本的侵略暴行，辛锐之父辛葭舟秘密组织抗日活动，建立了抗日地下联络点，为中国共产党提供情报。在父亲的影响下，辛锐形成了深厚的爱国主义思想，她思想活跃，胸怀爱国大志，绘画、书法也颇有功底。辛锐16岁在济南举办了以爱国为主题的个人美术展览，将义卖所得之款全部捐给了抗日将士和东北的流亡同胞。才华横溢的辛锐如果出生在和平年代，完全可以成为一名艺术家，然而日本帝国主义的侵略打破了她的梦想。看到日本侵略者的累累罪行，她坚定了要驱除敌人的决心，为此她还将自己的名字改为辛锐。她用这个名字警示自己，在面对侵略者时要像一把尖刀，狠狠地刺杀敌人。

陈明（右）、辛锐夫妇

济南被日军占领后，辛锐和父亲、妹妹一起奔赴沂蒙山区开展抗日活动。辛锐先加入了八路军，不久又加入了中国共产党。辛锐为《大众日报》的创刊做出了重要贡献，其中《大众日报》创刊号的报头和毛主席头像就是辛锐设计的，正是由于她的这一设计，沂蒙人民在《大众日报》上第一次看到了心中领袖的形象。为强化根据地的宣传工作，中共山东分局成立了专门负责宣传和动员工作的"姊妹剧团"，辛锐担任团长。辛锐全身心地投入剧团的工作，她亲自编写剧本，既当导演，又当演员，深受部队战士和广大群众的欢迎。1941年，辛锐与时任山东省战时工作推动委员会副主任兼秘书长陈明结为伴侣。这一年沂蒙山区战事频发，辛锐舍小家，积极投身工作。

1941年11月，日军调集重兵对沂蒙根据地进行"扫荡"。驻扎在沂蒙根据地的八路军部队凭借有利地形和良好的群众基础，与敌人展开周旋，在游击战中消灭敌人。但是敌人凭借先进的装备和优势兵力步步推进，八路军被迫转移，辛锐也率一支小分队随军转移。这天，由辛锐带领转移的小分队与敌人在猫头山附近遭遇。辛锐沉着地指挥着队员们边打边撤，但在掩护其他同志撤退的过程中，她不幸小腹中弹，而后右膝盖骨又被打伤。

战士们把她抬到火红峪村的村民家中进行治疗。剧团的同志们看到辛锐受伤严重，心疼得都哭了起来。由于失血过多，辛锐身体十分虚弱，她强撑着身体，安慰身边的同志不要伤心。由于敌人的封锁，当时找不到止痛和消炎的药物，只能对伤口进行简单的包扎，辛锐好几次因伤口疼痛而昏迷过去。

因为辛锐的伤势严重，转移不便，村民们把她转移到了离村子不远的鹁鸽棚洞中藏身。鹁鸽棚洞隐于山中，又有树木和山石遮掩，相对比较安全。为了确保辛锐的安全，民兵们还在鹁鸽棚洞周围布置了一些地雷，民兵们把周围的情况给辛锐做了介绍。还未介绍完，就听到山洞外面一声巨响，原来"扫荡"的日军踩到了附近的地雷。日军在山洞外疯狂扫射，咆哮着开始在山洞周围搜寻。眼看日军越来越近，保护辛锐的民兵端起手中的枪，准备与敌人决一死战。辛锐沉着地拉住民兵的胳膊，示意他要镇定。果然，日军在进行了一番疯狂的搜寻后，没有发现这个山洞，便悻悻地走了。

辛锐在山洞中休养了半个月，伤势逐渐好转，但是因为膝盖受伤过重，她走不了路。同志们觉得敌人已经走远，便决定把辛锐抬到村民家中，帮她洗澡和换洗衣服。但就是因为这一次回村，辛锐永远地离开了我们。

回村第二天，一支日军部队路过火红峪村，包围了这里。留下来照顾辛锐的两个同志和村民赶紧抬着辛锐突围。敌人发现了辛锐的行踪，便端着枪紧追不舍。敌人的枪声越来越近，辛锐坚决要求同志们把她放下，但抬着她的两个同志说什么也不肯放下她。辛锐着急地说："你们放下我，咱能躲一个就躲一个，能留一个就留一个。"抬担架的两位同志死死抓住担架不放。为了不连累两位同志，辛锐强忍着疼痛从担架上翻了下来。两位同志一看辛锐的态度十分坚决，只好将身上仅有的三颗手榴弹留给了她。他们在两块大石头间找了一个藏身之处，把辛锐放下后，他们便匆匆离开了。

敌人经过一番搜寻，在石头后面找到了辛锐。他们准备活捉辛锐，便没有开枪。辛锐看日军越来越近，便扔出了一颗手榴弹。日本军官命令士兵冲上去活捉辛锐，辛锐凭借石头的掩护又扔出了第二颗手榴弹。那个军官恼羞成怒，命令士兵向辛锐开枪，一颗子弹正击中辛锐。敌人一拥而上，当他们拉开盖在辛锐身上的被子时，一声巨响将周围的敌人全部炸飞，辛锐就这样与敌人同归于尽了。这个不怕牺牲的、坚定的女战士，把自己年仅23岁的生命洒在了沂蒙山区这片红色的热土上。

为了纪念陈明、辛锐这对在抗日战争中英勇牺牲的革命伴侣，1985年当地政府在华东革命烈士陵园（原临沂革命烈士陵园）重修了陈明、辛锐合葬墓。谷牧同志为两位烈士题写了墓碑，让后人永远缅怀他们的丰功伟绩。

5. 赵镈为理想献身

赵镈，1906年出生于陕西省府谷县一个农民家庭。1926年，他加入中国共产党。同年，他被派往黄埔军校学习，担任中共地下连支部书记。1939年年初，任鲁西区党委组织部长。1940年，赵镈任鲁南区党委书记。

赵镈

1927年大革命失败后，他按照党的指示，开始在北平、天津地区从事地下工作。他曾两次被捕入狱，在狱中度过7年。在狱中，他担任党支部委员和学习委员会委员，组织狱中难友与敌人作战。他通过一些途径，购来狱外的马列著作和党的文件，把它们拆开，放在《红楼梦》等书中传阅。他组织大家学习马克思主义思想，把敌人的监狱变成了学习教室。1936年"西安事变"爆发后，赵镈被党组织救出监狱。他先后在冀东、津南等地担任党内领导职务。

1940年，赵镈被任命为鲁南区党委书记、鲁南军区政委。新建立的鲁南根据地，外被日伪包围，内受国民党顽固派部队以及土匪摧毁破坏。当时形势极其艰巨，斗争十分困难。面对如此危险的环境，赵镈没有放弃，而是继续勇敢地开展工作。他坚决贯彻党中央关于建立抗日民主根据地的指示，与罗荣桓带领的八路军第一一五师会合，展开密切合作。短短一年多的时间里，他依靠人民群众以及地方党组织，在全区建立了各级党的领导机构和地方武装领导机构。与此同时，他统一了地方抗日队伍，成立了鲁南各界抗日救国会，壮大了抗日救国的队伍。

赵镈有着非常强的群众观念，时时处处不忘党的纪律，他用自己的实际行动，树立了党和军队的崇高形象。1940年初夏，赵镈带队检查工作，途中军马不慎滑下田埂，踩坏了瓜田里的西瓜。赵镈立刻从马褡子里摸出铜钱，放到西瓜上。第二天，他又专门找到瓜地主人家赔礼道歉。1941年4月25日，国民党第五十一军六八三团团长张本枝集结当地反动顽固武装，突然袭击边联县，导致几十名干部、士兵死亡。此次事件中，边连县三区中队长沈文佃叛变，赵镈立即召开会议处决了这个叛徒。1941年年初，鲁南地区发生春荒，群众生活极其困难。赵镈就带领党内干部帮助村民春耕，和人民群众同吃糠菜、树叶和地瓜秧。

他维护群众利益，严禁贪污浪费，同时不断教育干部群众，爱护子弟兵，在鲁南地区建立了良好的军政、军民关系。

1941年10月，日伪军对鲁南根据地展开了大"扫荡"。赵镈带领区党委机关转移到边联县银厂村休整，被国民党特务发现。国民党军决定突袭银厂村。张本枝率军包围了银厂村。鲁南军区警卫连英勇阻击，掩护机关人员突围。赵镈原本已冲出包围圈，路上他发现一个机密文件包没有带出，里面装有党中央的指示等绝密文件。他果断返回机关驻地，把机密文件烧毁。这时，再次突围已经来不及。赵镈不幸被捕。

国民党顽军押送赵镈等人前往张本枝团部所在地九女山。一开始审问时，赵镈只说自己是营部的一个文书。后来，因为叛徒说出了秘密，他平静下来，告诉敌人，他就是赵镈。面对敌人的严刑拷打和高官利诱，赵镈坚贞不屈、视死如归，没有向顽军吐露半点党的秘密，他在法庭上愤怒地谴责了张本枝认贼为父、袭击抗日部队的滔天罪行。敌人被反驳得哑口无言，不得不再增加两名陪审员，劝他投降。赵镈不为所动，坚守信仰。赵镈用自己的言行生动诠释了一个共产党人高尚的思想情操和坚定的革命气节。

无计可施的敌人最终对赵镈下了毒手。1941 年 11 月的一个夜晚，遍体鳞伤的赵镈被国民党顽军押到九女山下。看到已经挖好的土坑，赵镈明白这是国民党顽军要进行秘密处决。他向顽军官兵大道国民党反动派的罪行。赵镈高呼革命口号，壮烈牺牲，时年 35 岁。

为纪念赵镈烈士，1943 年，中共山东分局批准将边连县更名为赵镈县。1944 年春，赵镈烈士的遗骸被从九女山移葬到文峰山。同年秋天，人民群众自发捐铜钱为赵镈墓铸造铜像，深刻缅怀这位伟大的共产主义战士。

（二）同心御敌

抗日战争时期，沂蒙抗日根据地是山东根据地的指挥中心，八路军第一一五师师部和中共山东分局、山东省战时工作推行委员会、山东纵队指挥部均曾驻扎在这里。为了抗击侵略和压迫，中国共产党与沂蒙人民不屈不挠，共抗外敌。在党的领导下，沂蒙人民扛起土枪、土炮，抡起大刀、长矛，抗击穷凶极恶的敌人，沉重打击了侵略者的嚣张气焰，在中华民族的历史上写下了光辉的一页。一场场保家卫国的战斗，见证了中国共产党和沂蒙人民同心御敌的英雄壮举。

1. 围山庄自卫反击战

抗战时期的新泰县围山庄一度处于敌人的三面包围下，经常有敌人前来骚扰。在党的领导下，围山庄硬是在敌人眼皮底下发展为远近闻名的抗日堡垒村。县委、县政府等机关的领导经常来围山庄，部队募集处也常来这里筹粮筹款。这里同时还是新泰县独立营的常驻宿营地。四支队第四大队兵工厂就设在村内，为部队制造手榴弹。

1939年5月，中共新泰县委发动"红五月"建党活动，在一个多月时间里全县党员超过1500人，建立了100多个党支部。

到1941年夏，围山庄已有党员约20名，民兵骨干30多人。在此基础上，这里成立了民兵自卫团。性格爽直、有勇有谋的许天之任民兵自卫团团长，年仅17岁的邱建才任民兵自卫团指导员。

有了党组织就有了主心骨。在党的领导下，围山庄的抗日组织如农救会、青救会、妇救会、儿童团等纷纷成立，各项工作轰轰烈烈地开展起来。围山庄曾有一道防范土匪的残破寨墙，在村党支部和民兵自卫团的主持下，村民们出工出力，把土、沙、灰掺在一起修复寨墙。

敌人把围山庄看作眼中钉、肉中刺，急欲拔之而后快。1941年9月4日晚，新泰县政府和鲁中军区第一旅三团募集处住进了围山庄。敌人得知后欣喜若狂。他们迅速调集驻扎在附近据点的日伪军，携带大炮和重机枪，企图一举消灭围山庄的抗日武装。

9月5日下午，安插在日军据点的地下交通员给围山庄送来一封"鸡毛信"，信中说日兵增加了兵力，像要"扫荡"根据地。虽然不知道敌人要打哪里，但为了以防万一，县政府、鲁中军区第一旅三团募集处和兵工厂决定立即转移，村里的民兵自卫团也加强了巡逻警戒。

9月6日天还没亮，守卫西北门的民兵张洪春给下地的村民开寨门，然后到地里方便。突然，他被几只手摁住。摁住他的人压低声音问他村里有多少八路军。张洪春被吓了一跳。他努力让自己镇静下来，明白是碰上了伪军。他故意装聋作哑，什么也不说。伪军押着他向北走去，趁敌人不注意，张洪春拼命向寨门跑去。敌人不清楚村里的虚实，又怕暴露目标，不敢贸然开枪，眼睁睁看着张洪春跑进了寨子。张洪春边跑边喊报信。急促的喊声打破了围山庄的宁静，熟睡中的村民纷纷惊醒，许天之急忙下令关闭寨门，共产党员和民兵登上寨墙和炮楼，准备战斗。

天越来越亮，寨墙外的情况渐渐清朗起来。民兵们发现，这次来的不仅仅是伪军，还有不少日军。原来，日伪军趁着夜色已将围山庄三面包围。趁敌人尚未四面包围，许天之与留在村里的鲁中军区第一旅三团募集处的干部王贞祥等人商量后，派邱建才和民兵马文利外出救援。他们从南门出寨，赶去寻找县政府和县独立营。

轰的一声，一直没有动静的敌人突然开了一炮。炮弹在围山庄后街爆炸，民兵数人被当场炸死。民兵自卫团的主要武器是抬杆、五子炮，以及兵工厂留下的一批手榴弹和炸药。抬杆可以填装火药和大量铁砂，杀伤面积巨大，但射程较近。敌人的第一次进攻开始了。他们静待日伪军靠近寨墙。"打！"随着许天之一声令下，土枪、土炮开始轰鸣。日伪军根本没有料到会有如此猛烈的炮火，被打了个措手不及，扔下几具尸体，退了下去。

不久之后，敌人发起第二次进攻，他们吸取第一次的教训，不再过分靠近寨墙。民兵们仍然坚持自己的打法，一阵激战后，敌人再次败退下去。

两次进攻失败，敌人调集所有炮火向村内轰击，同时集中兵力向西北门发起猛攻。日伪军竖起梯子，想要爬上寨墙，双方展开肉搏。坚守西北门的炮手马荣长肩中弹片，仍然继续开炮还击，打退敌军的进攻后，才让人帮他拔出弹片。后来炮楼中弹起火，马荣长英勇牺牲。

战斗还在持续，围山庄储备的铁砂渐渐耗尽。给寨墙上的亲人送水送饭的老人、妇女和孩子看见没了弹药，回到家把烧汤做饭的铁锅砸碎，送到寨墙上充当弹药。围山庄不分男女老幼，齐心协力，经过浴血奋战，敌人的第三次进攻又被打退了。

连续三次被打退，敌人仍不死心。下午，敌人的援军赶到，还带来十几门大炮，对围山庄展开了更大规模的炮击。仅曹顺清家的小院就落下了数发炮弹。战斗结束后，围山庄清理出几百发没有爆炸的炮弹。在进攻过程中，日军还放了毒气，许多人中毒倒地，村民们坚守了大半天的寨墙被攻破。

英勇的民兵利用街巷和房屋与敌人展开巷战。石匠出身的曹顺清有一身好武艺，拎着一杆红缨枪和几个日兵搏斗，被日兵一刺刀刺穿了两个腮帮子，两颗牙被打掉，因失血过多昏死过去，在敌人撤退后获救，顽强地活了下来。王贞祥带人冲出南寨门，沿着村外的河滩向西突围，日兵用机枪扫射，20多人倒在血泊之中，只有王贞祥等十几个人冲破了包围圈。许天之在战斗中负伤，敌人押着他朝河滩走去。河滩上，被俘民兵被绑着，一旁的日兵端着刺刀，正准备把他们当活靶子。许天之突然大喊一声"快跑"。民兵们听到喊声四散跑开，张洪春和邱学文成功逃生，另外几人被日兵开枪打死。两个日兵端着刺刀朝许天之扑来，许天之用力挣脱绳子，伸手抓住敌人的刺刀，双手的手指头被刺刀割掉，最后壮烈牺牲。

这次保卫战毙伤日伪军80多人，自卫团员和群众72人牺牲，30余人负伤，全村被敌人抢烧殆尽。围山庄人民用鲜血和生命谱写了一曲与敌人血战到底的壮歌。围山庄儿女用土枪、土炮血战日本侵略者、誓死守家园的英雄事迹将被世人永远铭记。

2.西山前村保卫战

西山前村位于临沭县曹庄镇西南部，东傍沭河，南临马陵山，北靠七岌山。抗战时期，西山前村地处抗日根据地边沿，是华中地区抗日武装经过山东通向延安的秘密交通线的必经之地。西山前村地处滨河地区，村民经常在这里伏击敌人，破坏敌人的通信和交通线，配合八路军作战，因此西山前村被人们称为"滨南地区的战斗堡垒"。敌人把西山前村视为眼中钉，想方设法要消灭它。

1941年9月，伪军保安大队队长纠集日伪军，向西山前村发动了袭击。西山前村是乡公所驻地，张作洪是山前乡乡长，村里常驻扎八路军。碰巧的是，就在日军袭击村子的前一天晚上，八路军的队伍在村里吃过晚饭后撤到了其他地方。当时部队让张作洪跟他们一起走，他坚持要留下来。谁知第二天天刚亮，日兵就包围了村子。敌人趁着天刚蒙蒙亮，向西山前村发起了进攻。敌人架起了机枪向村子进行扫射，张作洪听到枪声立刻组织民兵向枪声密集的北岭聚集。

在晨雾的掩护下，民兵们很快到达了北岭，这时天还没有大亮。随着天色渐渐明亮，站在圩墙上的民兵隐约看到对面山顶上敌人的旗帜在晃动，全副武装的敌人正从四面八方向村子靠近。张作洪意识到这次敌人是有备而来。而村子里面只有几十条土枪和十几门土炮。如果正面对抗，可能支撑不了多久。想到这里，张作洪立刻命令大家撤回到村子里，等待时机。

听到张作洪的命令，大家都快速地撤回到村里防守，村民们也都积极参与到阻敌的工作中。为了帮助民兵修筑工事，有的村民把自家的门板摘了下来扛到村头，有的村民把自家的磨盘搬来，有的村民挑起扁担向村口运送沙石。张作洪站在圩墙上，指挥战斗。他举起大刀，高声给村民们打气。全村人磨刀擦枪，同仇敌忾，誓与敌人决一死战。仗打得很惨烈，日伪军用的是快枪、钢炮，而村自卫团的团员们用的大多是鸟枪、土炮、大刀、长矛和农具，力量对比悬殊，但自卫团的团员们打得很顽强。村里有两门自制的土炮，威力很大，当地百姓给这个土炮起了个名字叫"十里清"，意思就是能打 10 里的范围。炮筒里装上火药，老百姓把家里的秤砣等拿来装进土炮里，用来轰击日军。张作洪一边指挥战斗，一边不停地向日兵开枪，打死了不少日兵。日伪军极为恼怒，他们拉来了火炮，向西山前村密集地发射炮弹，然后又架起机枪向村子疯狂扫射，但这无法阻止西山前村人英勇抗击。发射火炮的民兵倒下了，其他民兵立刻补上，村里的围墙被敌人炸出了缺口，人们立即用门板、石块堵上。张作洪英勇地指挥着战斗，他用手中的钢枪连续向敌人射击。不幸的是，敌人在他换弹药时向他射击，张作洪头部中弹，壮烈牺牲。战斗中，张作洪的小儿子也不幸牺牲。日军的火力非常猛烈，炮弹不时打到村里和围墙上，同时他们还不停地向村里打瓦斯弹。时近中午，四周围墙都被炸开，日兵随即冲了进来。日军冲进村后，实行"三光"政策，烧毁全村民房，掠走财物，众多村民惨死在鬼子的刺刀之下……

得到消息的八路军快速赶来支援，敌人看到支援部队后，仓皇逃跑。在这场战斗中，共消灭敌人150余人，我方30余人壮烈牺牲。西山前村和张作洪英勇抗敌的事迹被人们广为传颂，西山前村也被授予"抗日模范村"的称号。

西山前村保卫战，打击了敌人的嚣张气焰，也鼓舞了沂蒙人民战胜侵略者的斗志，展现了沂蒙人民不惧强敌的英勇气概，生动体现了沂蒙军民与敌人血战到底的决心。

3."抗日楷模村"渊子崖

位于山东省莒南县沭河东岸的渊子崖村被誉为"抗日楷模村"。为了对付猖狂的匪盗祸乱，村民曾沿村修筑牢固的围墙，围墙上面分布着坚固的炮楼、炮眼。抗日战争时期，沭河西岸的小梁家村被日伪军占据，建起了据点，沭河东岸是共产党八路军的活动范围，处于中间位置的渊子崖村则成了敌我双方的"拉锯区"。

1940年秋，八路军山东纵队第二旅独立营来到渊子崖一带活动。在党的领导下，渊子崖村建立了民主政权，积极抗日的林凡义被选为村长。此后又陆续成立了农救会、妇救会、青抗先锋队等群众性抗日组织，还组建了抗日自卫队和游击小组。当地人把以前抗击土匪的大刀、长矛等全都集中起来，用作作战武器。渊子崖村的抗日救国工作开展得热火朝天，大街的墙上贴着抗日标语，村内村外都传唱着抗日歌曲，群众的抗日积极性空前高涨。因此，渊子崖村也成了敌人的眼中钉、肉中刺。

为了拔掉眼中钉、肉中刺，敌人寻找各种机会挑衅攻击。1941 年 10 月，盘踞在河西岸的汉奸给渊子崖村送来了一张清单，上面列着肉、酒、面等食物，另外还要求准备 2000 块大洋。林凡义当场写下了正面迎敌的回条。随后立即召集自卫队和村民开大会，号召大家提前做好御敌准备。

接到回条后，汉奸队队长恼羞成怒，立刻纠集一个小队包围了渊子崖村。一个汉奸对着村子高声喊叫，让村民赶快交出所要的东西。话音未落，土炮声便响了起来。随后，瓦片、石块一齐向敌人飞去，打得敌人抱头乱窜。一看形势不妙，汉奸队队长一边用枪威胁队员不准后退，一边自己故作镇定地对着围墙喊叫。自卫队和村民毫无惧色，在炮火的掩护下，勇敢的自卫队队员手持大刀、长矛向敌人冲去，魂飞胆破的汉奸们拼命向河西逃窜。渊子崖村在与敌人的首次交锋中大获全胜。

首获全胜后，区长冯干三对渊子崖村干部和群众合力抗击敌人的壮举给予高度评价，并鼓励他们总结胜利经验，继续备战，以防敌人卷土重来。全体村民立即行动起来，有的修补围墙，有的擦拭枪支，有的补充弹药。果不其然，第二天凌晨，敌人拉着大炮，气势汹汹地朝渊子崖村扑来。自卫队早有预案，沉着冷静地进入了迎战状态。气急败坏的敌人抢先向村里发射了几十发炮弹，一时间硝烟弥漫，村中有房屋倒塌、着火，还有人员伤亡。自卫队队员见此情景，怒火中烧。当敌人进入我方火力圈时，林清洁带领的"五子炮"率先开火，紧接着雁枪、土炮、"生铁牛"一齐发力，陷入火海之中的日兵惊慌失措地后退了十几米。这边的炮火刚停，又有一股日军沿着东沟向东北角逼近。区委李秘书和副村长林庆忠，迅速带领几十人赶来迎击这个方向的敌人。在敌人即将靠近之际，自卫队队员一起点燃火炮，留下了十几具尸体的敌人连滚带爬地退回了北大沟。之后，从西路上来的日军，被林九兰、林崇松等用同样的方法击退。

中午过后，敌人加大进攻火力，围墙、炮楼、街道和屋顶都遭到了炮击，村中火光冲天。东北角的一段围墙被炸毁，在此守卫的队员不少被埋在土里，甚至有的壮烈牺牲。看见有机可乘，大批日兵朝着围墙缺口涌来，自卫队队员林端五手握铡刀勇敢地迎了上去，不幸的是，一颗子弹突然飞来，夺去了他年轻的生命。林九宣目睹了儿子的牺牲，看到倒在血泊中的林端五，这个父亲两眼冒火，举起长矛转身向缺口冲去，狠狠地刺死了一个日兵。林九宣刚拔出长矛，一群鬼子向他扑来，旁边的自卫队队员立即上前支援，同敌人展开惨烈的白刃战。在激烈的搏斗中，林九宣老人身受重伤，倒在墙下。他吃力地说，要拼到底，要报仇。老人的话，给自卫队队员们增添了勇气和力量。林九乾手起刀落，杀死了一个日兵，最后自己身中数弹，光荣牺牲。村长林凡义正要弯腰搀扶倒下的战友时，突然被一个日兵用刺刀对准了脑门，就在这千钧一发之际，对方竟先倒下了。原来是林九乾的妻子抢先用镢头把敌人砸死了。

敌人的进攻再一次被击退了，在此间隙，村民用石块、沙土块和门板，迅速堵好围墙缺口。没过多久，日兵又发起了更加猛烈的进攻，堵好的缺口再次被密集的炮火攻破，一群日兵由此冲了进来。此时，守在缺口两旁的林九兰、林崇松，手持铡刀砍死了两个日兵。一些日兵冲上了炮楼，注意到楼墙即将倒塌，林九兰急中生智，同林九先一起用力将这堵墙推倒，将几个日兵砸到在墙下。两人借机抢步下楼，抢起大刀继续同日兵拼杀，但终因寡不敌众，壮烈牺牲。

渊子崖抗日烈士纪念塔

傍晚时分，更多的日兵涌进村里，自卫队队员和乡亲们同敌人展开了巷战、肉搏战。身负重伤的林崇州宁死不下火线，对让他在园子里休息的村干部大声说道，他宁愿拼上性命，也不躺在这里，话刚说完就失去了知觉。当几个日兵冲进园子时，林庆会猛地把长矛刺进了一个日兵的后背，猝不及防，自己竟被日兵抓住，无法挣脱时便用牙齿狠狠地咬断了一个日兵的手指头。正当此时，林崇州苏醒过来，他忍着剧痛，抢起镢头砸向敌人，因用力过猛，他又再次昏倒。林庆会、林崇州被穷凶极恶的敌人捆绑起来，扔进正在燃烧的火堆里。牺牲前，两个队员高呼抗日口号。一连杀死了三个日兵的村民王彦治，又从夹道里冲上去，用拳头将一个日兵打倒，并夺了他的枪。最后，寡不敌众的王彦治被几个日兵紧紧围住，他毫不犹豫地掏出一个手榴弹拉响，和敌人同归于尽。

傍晚时分，前来增援的山东纵队第二旅五团和县委、区委临时召集的武装击退了敌人。这场战斗共歼灭日兵百余人。这次胜利来之不易，渊子崖村共有 147 人献出宝贵的生命，区委书记刘新一、区长冯干三等同志，也在这次战斗中壮烈牺牲。

渊子崖保卫战是我国抗战史上一场著名的由村民自发组织抗击日寇的血战。渊子崖村军民齐心协力共同保卫家园的事迹很快在滨海专区传扬开来，极大地激发了人们的抗日热情。后来，渊子崖村被授予"抗日楷模村"的称号。渊子崖保卫战是中国人民不畏强暴、奋勇杀敌精神的真实写照，是党群同心、军民情深的真实写照。

4. 妇救会会长李桂芳

1925 年，李桂芳出生在沂南县岸堤镇南岩路村一个穷苦农民家里。因为家境贫寒，时常断粮，父母就时常把她送往亲戚家。寄人篱下的生活，使李桂芳养成倔强的个性。为了不再拖累亲戚，在李桂芳 9 岁那年，父母把她送给当地一户人家做童养媳。收留李桂芳为童养媳的那户人家也非常穷，根本没有能力多养活一个人，于是，她又被退回自己家。11岁那年，李桂芳被父母送到同村一户地主家，帮着带孩子。在地主家中，李桂芳白天照看孩子，晚上还要守在床边，孩子一旦哭闹，她就会遭到呵斥、殴打。非人的生活加深刻骨的仇恨，她期盼着摆脱这一切。

1938年，抗日动员工作委员会进驻南岩路村。李桂芳经常带着孩子到动委会的住处玩。动委会的工作人员待人和蔼热情，给李桂芳留下非常好的印象。地主得知李桂芳经常去动委会后，吓唬她说，共产党居心不良。

对于地主的恐吓，李桂芳将信将疑。为了探个究竟，李桂芳时常带着孩子躲在远处，悄悄观察村子里的一切。经过细致观察，李桂芳发现事情并不像地主说的那样，于是她又成了动委会的常客。与动委会的工作人员密切接触后，她逐渐明白了共产党是为穷人谋利益的组织。1939年春天，动委会在南岩路村办起夜校，李桂芳不顾地主的阻拦，勇敢地报名参加。在夜校里她不但获得了文化知识，还领悟了老师所讲授的革命道理。

1940年3月，在动委会的安排下，李桂芳来到当时驻扎在夏庄村的被服厂工作。这一时期，李桂芳跑了夏庄村周围几十个村庄。她走街串巷，深入每户人家，发动广大农村妇女，缝军衣、做军鞋，然后再把军衣、军鞋收集起来，集中送往部队。

1940年秋，日军对鲁中抗日根据地发起"扫荡"，上级命令李桂芳带人把储藏在胡家沟的粮食转移到夏庄村北面泉子崖。一接到任务，李桂芳便带领着刚组织起来的几十个妇女，趁着夜幕降临，向胡家沟匆匆赶去。时间非常紧迫，还要跨越敌人的封锁线，因此，任务是非常艰巨的。战争年代，根据地的青壮年基本跟着部队支前，运输工具也都带往前线。李桂芳等人没有运粮工具，她们就把家中的床单拿来装运粮食，但床单不适用。妇女们一时不知如何处置，情急之下，就有人提议把自己的裤子当口袋，两条腿扎紧，装满粮食，放在肩上，然后用手扶住就可以。他们采用这一方法，穿越崎岖的山路，胜利完成运粮任务。

1941 年夏，李桂芳被调到山东军区第二野战医院担任看护员。由于工作积极，成绩突出，她被组织选拔到山东青年学校学习。李桂芳来到山东青年学校后，便开启了她一生最快乐的学习生活。但李桂芳的学习生涯由于日军的大"扫荡"而终止，之后，她被分配到山东军区药材所工作。药材所的主要任务就是为山东军区的野战医院供应药材。当时由于日伪军不断"蚕食"，根据地环境极为恶劣，药品极为缺乏，药材所人员别无他法，就到山上采集中药材，然后进行加工，配制所需要的药品。为了满足药材需求，包括李桂芳在内的药材所的工作人员，在崇山峻岭上洒下无数汗水。

就在这时，山东军区第二野战医院需要一个太平间守护员。这是一项极为特殊的工作，领导们斟酌了半天，最后决定把这一任务交给李桂芳。当时，第二野战医院太平间设在拔麻村西南小河边一间屋子里。因怕被敌人发现，夜晚从来不点灯，李桂芳独自与几具尸体待在一起。试想一下，这种境况，就是晴朗的白天也会让人毛骨悚然，更别说在漆黑的夜晚。当时李桂芳也是极力克服恐惧心理。每当害怕的时候，她就会在心里问自己：烈士们为啥牺牲？不就是为了老百姓能过上幸福的日子，不再遭受日本侵略吗？每当想到这些，她就恐惧全无。那时，战友们都非常佩服她，称她为"李大胆"。一天夜里，风云突变，电闪雷鸣，风雨骤至。借着房外闪电的亮光，李桂芳突然发现门外站着两匹狼。面对眼中泛着绿光的饿狼，李桂芳心惊肉跳、头皮发麻，但看看躺在床上的牺牲的战友们，她不觉胆子又大起来。她迅速把烈士们的遗体从床上挪到地上，将床拖到门口，紧紧顶住房门，然后再用自己的身体紧紧地撑住床，以保护烈士们的遗体。

日伪军不断地根据地"扫荡"，八路军伤病员亦不断增加。而山东军区第二野战医院又遭到敌人的袭击，因此，八路军伤病员们被分散安排到群众家中。当时这里呈现出这样一种景象：村村是医院，户户是病房，人人都是护理员。为了确保伤病员的安全，山东军区决定从各野战医院中抽调部分身体素质好、年龄小、灵活机智的护理员，组成看护班，承担北大山一带伤病员的护理任务。李桂芳被选中，成为其中一员。为了隐瞒自己的身份，方便开展工作，李桂芳就将头发剪掉，扮成男孩。她白天扮成放牛娃站岗放哨，晚上则给伤病员们清洗伤口，更换药物。就这样，李桂芳在八路军的队伍中，男扮女装三年左右。那个时候，她身材矮小，再加上皮肤黝黑，别说不知情的村民，就是部队上的人，也都把她误认成男孩子，经常闹出啼笑皆非的笑话。直到离开部队到地方工作，李桂芳才留起长发，穿起女儿装。

1944 年 1 月，李桂芳当选为当地妇救会会长。1945 年，她终于实现梦寐以求的愿望，光荣地加入中国共产党。新中国成立后，她先后担任沂南县副县长、沂水县妇联主任、临沂地区民政局副局长等职务。1992 年 3 月，李桂芳被评为"山东红嫂"。

5. 卖女换粮的方兰亭

革命战争年代，在沂蒙地区有一位舍小家为大家的母亲。这位母亲名叫方兰亭，苍山县人，后与费县人周振苍结婚，因丈夫姓周，人称"周大娘"。

1940 年，正值抗日战争的艰苦时期。日本对根据地实行"三光"政策，汉奸到处抢劫，人民生活极端困难。沂蒙地区八路军不忍加重人民负担，部队只得吃糠咽菜，由于营养不良，战士们个个面黄肌瘦。有时候还要忍着饥饿的煎熬上战场与敌人进行生死对决。当时，八路军第一一五师一个班的战士住在方兰亭家里。方兰亭主动承担起给八路军战士做饭的任务。但当时生活太艰苦，粮食短缺，战士们每次打仗回来，只能吃糠咽菜，方兰亭心如刀绞。让战士们饿着肚子上战场，方兰亭于心不忍，可是，到哪里去弄粮食呢？这时候她的脑海中浮现了一个念头，那就是拿孩子换粮食。

1938 年，方兰亭加入中国共产党。方兰亭的丈夫周振苍曾是地下工作者，被捕牺牲后，她接替了丈夫的事业，继续为党秘密传送情报。自丈夫牺牲后，她拉扯三个女儿生活，最小的女儿叫小兰。哪个母亲不爱自己的孩子呢？但是，方兰亭知道，不把日本侵略者赶出中国，谁也过不上好日子，孩子们也难以存活下来！自己的丈夫至死也不愿出卖党，就是为了那个大家所共同向往的美好明天。如今，替劳苦大众出头的战士们，竟要饿着肚子上战场。对战士们的心疼，对国家前途命运的担忧，对美好生活的憧憬，对敌人的痛恨，种种复杂的情绪交织在一起，让方兰亭做出了一个艰难的决定，那就是偷偷把小兰卖给一户人家当童养媳，换回一些谷子。

临走的时候，小兰拉着妈妈的手又哭又喊。听着女儿撕心裂肺的哭声，方兰亭的心都碎了，万般不舍的她只好蹲下身子搂着小兰轻声安抚。回来的路上，小脚的她，背着谷子就像背着千斤巨石，十几里的山路，她硬是走了大半天。

回来后，方兰亭连夜把谷子磨碎，掺点糠菜烙成了煎饼。第二天早晨，饥饿的战士捧着香喷喷的煎饼，边吃边问她从哪里弄来的粮食。方兰亭强挤出笑容，说是她借来的，等新谷子下来再还。有一天，战士们忽然发现活泼可爱的小兰不见了。平时在家，总是这个抱抱那个抱抱的。可这几天怎么不见身影？战士们正焦急纳闷时，部队首长来了。首长听说后派人去调查实情。战士得知真相后个个抱头大哭，跪在方兰亭面前，齐声喊"娘"。而后，又把身上的钱凑起来，千方百计托人把小兰赎了回来。方兰亭阻拦不住，也被战士们的真情感动得掉下眼泪。

部队首长当即召开大会，高度赞扬了方兰亭的爱党爱军行为。从此，"爱兵胜如子"的事，在部队广泛流传开来。战士们感慨她比亲娘还亲。正是有像方兰亭这样大爱无疆之人的大力支持和无私奉献，党才能勇往直前，我们的军队才战无不胜。

二

军民情深

军爱民、民拥军，党政军民一家亲是沂蒙军民鱼水情深的生动写照。党领导下的人民军队，来自人民、为了人民，人民军队为保护和救援处于危难中的沂蒙人民舍生忘死、前赴后继。同时，广大人民群众依靠人民军队、信任人民军队，倾其所有无私地支援革命战争。"最后一粒米做军粮，最后一尺布做军装，最后一个儿子送战场"，就是军民情深的真实写照。正是在中国共产党、人民军队、沂蒙人民的齐心协力、共同抗争下，沂蒙根据地才取得了一个又一个伟大的胜利。沂蒙军民沉重打击了日本侵略者的嚣张气焰，消灭了国民党反动派的主力部队。沂蒙根据地的党政军民在相互支持中形成了血肉相连、鱼水情深的密切关系。

（一）舍命护民

日本帝国主义发动了全面侵华战争，将魔爪伸进了沂蒙大地，制造了一系列血案。日本侵略者在沂蒙地区烧杀掳掠，无恶不作，激起了沂蒙人民的强烈反抗。一些土匪和会道门势力趁机而起，压榨民众，人民饱受其害。在中国共产党的领导下，沂蒙山区掀起了反抗怒潮。对于驻扎在沂蒙根据地的部队来说，"枪声就是命令"，无论在什么情况下，一旦群众遭遇劫难，遇到危险，人民军队听到枪声就要立刻去解救，不惜一切代价保卫人民的生命安全。

1. 枪声就是命令

在临沂沭河的西岸，有一个远近闻名的"红村"——朱村。在1944年除夕夜，驻临沂日伪军对位于沭河西岸的朱村进行了疯狂的报复性"扫荡"。在除夕夜的鞭炮声中，敌人猛扑进了朱村。朱村瞬间变得浓烟滚滚，村民的哭喊声响彻那个除夕之夜。这时，位于沭河东岸的八路军第一一五师的战士们闻讯后，以枪声为命令，紧急集合，火速奔向朱村投入战斗。当战士们赶到河边时，乡亲们正四处逃难，看见八路军战士来了，便大喊"有救了"。激烈的战斗打响了，连长被子弹打穿了脖颈儿，呼吸困难，仍坚持不下火线，高喊口号迎敌。投弹手腿负重伤，简单包扎了一下，就又拖着一条腿冲了上去。一班长的一只胳膊被打断，仍坚持不下火线，挥舞着另一只胳膊继续坚持战斗。一排副排长安吉然同一个日兵扭打在一起时，日兵拉响了手榴弹，妄图以此吓走安吉然。他毫不胆怯，死死地抓住对方不放。最后，这个日兵抛出了手榴弹。

最后，敌人在增援部队的掩护之下，犹如丧家犬般逃走了。在这次战斗过程中，八连一共有24位战士为了保卫朱村百姓的生命财产献出了宝贵的生命。战斗胜利结束以后，乡亲们陆陆续续地回到了村子里，他们看见自己的年货都完好无损百感交集，热泪盈眶。原来，战士们用鲜血与生命赶走了侵略者，保卫了乡亲们的生命与财产安全。这怎能不让大家心怀感激！乡亲们真心实意地挽留八连的战士们留下来一起过年。可是，战士们不想给群众添麻烦，最终选择连夜赶回驻地。

朱村抗日战斗纪念碑

此后不久，朱村的村民们把一面绣有"钢铁英雄连"的锦旗送到了八连。在后来召开的山东省军区战斗英模大会上，山东军区正式命名八连为"钢八连"。2012年，朱村村民自发捐款，在战斗遗址建了一座红色纪念园，以此缅怀那逝去的英魂，还有那刻骨铭心的岁月。在朱村抗战纪念馆，牺牲的24位战士的墓碑周围松柏长青，朱村抗日战斗纪念碑巍然耸立，"枪声就是命令"的行动口号异常醒目。原老四团钢八连连长鄢思甲去世，后人遵嘱将他的骨灰撒在他生前战斗过的地方，即朱村村东的沭河。从鄢连长的遗嘱中我们不难猜出，鄢连长是想魂归沂蒙，永远守护着当年24位兄弟用生命保卫的朱村。

如今，战争的硝烟早已消散。在沂蒙大地上，那生死与共的军民情却是亘古不变的。人民军队爱人民，人民爱军胜亲人。

2. 厉家寨大山护卫战

抗日战争时期在莒南县大山一带发生过一场极为激烈的战斗，八路军第一一五师六八六团（当地人称"老六团"）何万祥英雄连的战士们，为掩护群众和伤病员的转移，与兵力远胜于八路军的日军血战数小时，全部牺牲，为转移群众和伤员赢得了宝贵的时间。这场战斗就是人们时常提起的厉家寨大山护卫战。

1944年8月，日军纠集1500余个日伪兵，分路向厉家寨大山根据地扑来。当时，大山一带的根据地兵力非常薄弱，只有党政机关、后勤机关、医院伤病员和少数地方武装人员，情况十分危急。千余名群众和伤病员陷入敌人的重围之中。在这危急关头，滨海军区急电令第一一五师六八六团前来救援。接到电令后，团长贺东生亲率何万祥英雄连，从青岛日夜兼程，于当晚到达大山南麓。老六团一到达村子，团长贺东生就立即听取了负责当地转移工作的军区野战医院院长的战情报告。日军分三路向我根据地进行疯狂的"扫荡"，放火焚烧房屋，杀害百姓，1000多人陷入敌人的包围。贺东生听了报告后，察看了大山地形，果断地做了详细的战斗部署：地方区委负责人立即组织群众和伤病员南撤；老六团一排分三路钳制敌人；他自己带领二排攻占山顶。

　　随后，贺东生率何万祥英雄连不顾长途急行军的疲劳，立即与敌人展开顽强血战。日军从东、西、北三个方向包围我军，展开全面"围剿"。同时，敌人还派出骑兵从西南疯狂扑来，企图切断南撤道路。面对此情形，一排派出战士隐藏在山脚，伏击敌人骑兵，打了个敌人措手不及，敌尸遍地，余敌狼狈逃窜。负责牵制敌军的一排其他战士，实施了迷惑战术，灵活机动，忽打忽停，在敌侧积极运动，顺利转至敌军后方，与在山上的二排联合对敌军进行夹击。另外，二排五班在两个村民的带领下，避过敌人的一次次袭击，成功攻占山顶。这时敌人又组织一个连，从山北向我军控制的狮子峰强攻，并用飞机、大炮狂轰滥炸。山头顿时变成了一片火海，烟雾弥漫，战斗异常惨烈。同时，山脚被我一排杀退的敌人，在吉川资的带领下又卷土重来，蜂拥而上，情况异常危急。贺东生抱着冲锋枪反击，并命令士兵，为了安全转移群众及伤病员，要死守阵地，不准后退一步。在贺团长的影响下，战士们战斗激情猛增，更加奋不顾身，英勇杀敌。为保护两个小战士躲避飞机的轰炸，厉氏兄弟不顾一切地将他们掩护在身下。战士们得救了，弟兄俩却光荣地牺牲了。五班战士们见状，抱着与阵地共存亡的决心，英勇拼杀，终于打退了敌人的连续进攻。

　　中午时分，吉川资等人包围山顶，五班班长魏延祥带领士兵进行殊死抗击，被击中胸部，受伤严重，鲜血染红了半个身子，倒在大山东半山腰上。一村民背着魏班长转移，被日军发现，两人都被日军用刺刀刺死。贺东生也受了重伤。此时，两个排仅剩8名战士。贺东生带领其中3名同志突出重围。另外5名同志留在山顶继续与敌人展开殊死搏斗。半个小时后，3名战士完成了狙击任务，把最后三颗手榴弹投向敌群，然后从山顶跳下山崖，壮烈牺牲。此时，我阵地所处的大山上被敌人的大炮炸得一片狼藉，遍地坑洼，树木折断，草木成灰。就在敌我双方激战的时候，当地群众及伤病员1300余人迅速转移到了安全的地方。

何万祥英雄连在贺东生团长的带领下，坚守大山阵地，英勇作战，与敌人血战六小时，毙敌几百余人，为群众和伤病员安全转移赢得了时间，从而彻底粉碎了日军妄想"清剿"我大山根据地的企图。

3. 击毙悍匪"刘黑七"

20世纪初期，山东一直都是匪患的重灾区。尤其是鲁南地区，土匪成群，散布各处，他们抓人抢粮、绑架勒索、图财害命，屠村攻城也是屡见不鲜。这些土匪少则几百人，多则上万人，武器装备与官兵不相上下。到了抗日战争时期，山东更是土匪横行，土匪、流氓、地主武装蜂起，一派混乱。在这些土匪中，刘桂堂一伙人数众多、势力庞大，到处烧杀抢掠，无恶不作，给人民群众带来巨大灾难，百姓恨之入骨。

悍匪刘桂堂，绰号"刘黑七"，放羊出身，十几岁便拦路抢劫，后来打着劫富济贫的旗号正式干起了土匪。刘部匪众最多时有 3 万余人，危害山东、河南、河北等北方多地。刘黑七与地主恶霸、地方反动势力勾结，先后投靠过国民党、反动军阀，以及日本侵略者，猖獗至极。据费县县志记载，从 20 世纪 20 年代中期开始，刘黑七横行半个中国 20 余载，屠杀无辜百姓 20 余万人。几年间，仅沂蒙山区，被刘黑七抢掠的村庄就有 1000 多个，烧毁房屋 20 多万间，残杀群众万余人，多个村庄惨遭刘黑七屠村。当地老百姓一直流传着这样的话："刘黑七来了，孩子吓得都不敢哭。"而土匪们则尊他为王。

刘黑七屡剿不灭，老百姓对他既恨又怕，却又无可奈何。抗日战争时期，刘黑七一面投靠日军，一面又投靠国民党反动派，破坏抗日，残杀共产党人、进步人士及人民群众。为保卫人民群众的生命、财产安全，改善鲁南地区的抗日斗争形势，中共鲁南区党委和八路军鲁南军区下决心一定要拔掉这根钉子，剿灭刘黑七。

为了这一天的到来，鲁南抗日军民早就开始做各方面的准备。1943 年 10 月，鲁南军区领导就开始了周密而严谨的调查研究，绘制了刘匪火力配备图，主力部队也进行了针对刘匪的军事训练。为麻痹刘黑七，鲁南军区将其他主力部队调离。为更加周密细致地侦察敌情，军区还利用刘黑七爱听大鼓书的嗜好，派宣传员化妆成说书先生到刘匪驻地说书。经过十几天侦察，宣传员对刘黑七的住处、匪徒人数和武器装备等都了如指掌。

根据刘匪的兵力及部署特点，军区共组织了十几个连队参战，其中包括三团 5 个连，尼山独立营 3 个连，五团和费滕独立营各一部分，等等。具体部署如下：三团以主力负责主攻东柱子；一个连以及尼山独立营部署在梁邱以东，准备阻击可能增援之敌；五团负责攻占柱子山及相家庄等外围据点；费滕独立营等为总预备队。战斗由鲁南区政委王麓水指挥，号召全军要为鲁南人民除大害，不留后患。

1943年11月，各参战部队向指定地点进发待命。战役打响后，各部队似下山猛虎，直扑敌人巢穴。战斗首先由经过50多里急行军的五团在柱子山打响。紧接着，三团向东柱子发起猛烈攻击。经过两个半小时的激战，将刘匪一举歼灭，刘黑七也在落荒而逃时被我军战士何荣贵打死。王麓水夸赞何荣贵为人民除了大害，立了大功，是真正的人民英雄。在山东第一次英雄代表大会上，何荣贵荣获战斗英雄称号。

东柱子战斗结束后，五团对伪一团的进攻也宣告胜利。其后，敌人援军也被我军击退。我军还趁机攻克多处据点，剿灭刘黑七的战斗胜利结束。此次战斗共毙敌伪军200余人，俘虏参谋、连长以下军官30多人，还有士兵1000余人。攻克据点13处，缴获重机枪4挺、轻机枪13挺、步枪1000余支、战马70余匹。解救被抓被押的壮丁、民夫、妇女500余人。

刘黑七被击毙后，附近群众闻讯纷纷赶来祝贺，第二天甚至还有百里之外的民众赶了过来。为让人民群众解心头之恨，同时也让害怕报复的百姓放心，我军将刘黑七的尸体运回费南，由民兵抬着到各村游行。前来看刘黑七尸首的民众络绎不绝。

柱子山一役，刘黑七覆灭，对于鲁南人民来说是一次精神上的大解放，这也大大提高了中国共产党及其军队的威信。受刘黑七残杀、迫害最为深重的鲁南地区民众纷纷牵羊抬猪慰问参战队伍。甚至远在兖州附近的敌占区，也有老百姓赶来慰问。

击毙刘黑七的喜讯随即由新华社山东分社随军记者发往全国各地。山东军区领导向鲁南参战部队发来贺电。延安新华广播电台连续三天滚动播出刘黑七被剿灭这一喜讯。《大众日报》《解放日报》也都相继发表社论，对此都给予了高度评价。

柱子山一役，使沂蒙人民认识到只有中国共产党及其军队才能救人民于水火，根据地随之掀起了爱党拥军的热潮。击毙悍匪刘黑七也成为鲁南根据地加速发展的新起点。

4. 威震四方的"高金大队"

解放战争期间，在沂蒙大地上有许多驰骋在敌后战场上的民兵队伍，大名鼎鼎的"高金大队"就是其中一支神奇的队伍。1946年6月，鲁中军区根据战场需要抽调了三支在沂河沿岸开展游击战的民兵队伍组成了高金飞行爆炸神枪游击大队，简称"高金大队"。由高运成任大队长兼政委，金维三任副大队长兼副政委。他们机智勇敢，经常冒着生命危险完成各项战斗任务，威震四方。1947年，山东军区颁布嘉奖令，为"高金大队"记集体特等功，并颁发"八一"锦旗一面，为高运成记特等功一次，为金维三记一等功一次。

"高金大队"何以获得这般荣誉呢？我们还要从两位队长说起。"高金大队"的大队长高运成是山东沂南县人，1938年参加革命。他在抗日战争、解放战争及抗美援朝的战场上机智勇敢，战斗事迹突出，成为闻名全国的战斗英雄，成为沂蒙老区家喻户晓的传奇人物。尤其是在抗日战争中，他那令敌人闻风丧胆的"飞行爆炸"，至今还在沂蒙老区广为传诵。1943年的一天，高运成率领十几个民兵，从解放区的沂河西岸深入沂河东岸的日军据点，用地雷炸死了日军据点的小队长和几个日军。这场被敌人认为是"飞来的"爆炸甚至引起了据点日伪军的内讧，日军去质问汉奸，而汉奸自觉冤屈。日军翻脸不认人，就枪杀了汉奸。这一年，高运成被鲁中军区评为一等战斗模范。在抗日战争和解放战争时期，高运成共计作战300余次，缴枪30余支，子弹1万余发，埋雷数百次，打击和破坏了日伪顽及国民党军队的数百次抢掠和进犯。他荣立特等功、一等功等多次。1950年，高运成出席全国第一届战斗英雄代表大会，被中央军委授予一级战斗英雄勋章，受到了中央领导的接见。

副队长金维三也是山东沂南县人，1938年加入中国共产党。金维三家境贫寒，从小跟随父亲和兄长习武，年纪轻轻就成为远近闻名的"神枪手"。抗日战争期间，金维三充分发挥了"神枪手"的能力，带领民兵插入敌后，在敌人的据点、碉堡附近展开游击战、冷枪战，零敲碎打。敌人疲于应付。日军曾经悬赏捉拿他，但徒劳无果。日伪军对金维三又恨又怕，说他是"战场死神"。解放战争期间，金维三带领"高金大队"与敌人周旋作战，屡立战功。1949年，在山东军区召开的英模大会上，金维三荣获山东民兵英雄的称号。新中国成立后，金维三解甲归田，转到地方工作，曾受邀参加国庆观礼。

"高金大队"组建以后，在党的领导和指挥下，积极配合主力部队战斗，取得了一个又一个战斗的胜利。其中，"高金大队"奉命扼守卞庄大桥、掩护主力部队转移的战斗就非常具有代表性，展示了这支神奇的民兵队伍的战斗力与对党和人民军队的忠诚和热爱。1946年，国民党军整编第二十六师及第一快速纵队，自峄县北犯，宣称要到临沂城过阳历年。"高金大队"奉命扼守卞庄大桥。他们要完成的任务有两个：一是掩护主力部队从桥上顺利转移；二是阻击敌人前进，尤其要阻止机械化的第一快速纵队过桥。为了完成这项任务，他们在主力部队的帮助下制定了切实可行的作战方案。他们利用卞庄东面塔子山占据制高点的有利位置布上地雷以迟滞敌人的进攻，又在大桥两边的桥头上放置炸药，埋上地雷，为了增强炸药和地雷的破坏力，队员们使用棉麻、汽油、麦穰、秫秸等物覆盖在炸药和地雷之上，以便通过爆炸引起燃烧阻断敌人的进路。做好准备之后，队员们坚守桥头，严阵以待。在天寒地冻的情况下坚守了六天六夜，守卫我们部队的最后一个营撤到沂河东岸。当接到上级要炸掉卞庄大桥的命令时，队员们认为还没有看到敌人快速纵队的影子，先前的准备还没有发挥作用，没有对敌人造成伤害，在敌人赶来之前还不能把桥炸掉，于是他们就向指挥部提出见不到敌人的面，要继续保桥，不到火候，不把桥炸掉的请求。上级经过研究同意了队员们的请求，并发出了要"高金大队"切实掌握好炸桥时机，不给敌人过桥机会的命令。激烈的战斗发生在第七天的上午。大批的敌人在坦克的掩护下从桥的西南方向奔涌而来。正如队员们所料，敌人一到卞庄就要控制东面的塔子山，敌人的队伍向塔子山布防时，还没走到山顶，就遭到了地雷轰炸，一时间敌人的鬼哭狼嚎响彻了山间。山下的坦克听到山上雷响，以为遭到了解放军部队的阻击，就向山上开炮。炮弹炸响了地雷，引爆的地雷又带动了飞雷，弹片像天女散花一样落向敌人的阵地。这时，敌人才知道中了计，转过头来朝桥头猛扑。敌人刚到河边，队员们就引爆了地雷和炸药，强烈的爆炸引燃了队员们早已准备好的棉麻、汽油、麦穰、秫秸等物。火光冲天，桥西头浓烟滚滚，敌人举步维艰。眼看着敌人的队伍越来越接近大桥，爆炸组队员果断地拉了导火索，在一声惊天动地的巨响中下庄大桥被炸断了。面对一片狼藉的断桥，敌人的坦克丧失了优势不能前进一步。敌人的步兵又妄图从河中涉水过来，遭到金维三射击组的火力封锁。赚不到便宜的敌人只好缩回老巢。"高金大队"在下庄桥头坚持了七个昼夜，除完成了掩护部队转移的任务外，还阻击了数十倍于我之敌，创造了闻所未闻的奇迹。

"高金大队"自组建以来，在莱芜、临朐、淮海战役等战斗中发挥了重要作用，有力配合了主力部队的正面作战，为革命胜利立下了不朽功勋，多次受到上级表彰。这支神奇的队伍的英雄事迹也成为新中国成立后许多反映游击战的影片中的生动题材。

5. 特等功臣曹玉海

曹玉海出生于 1923 年，是山东省莒南县涝坡乡东店头村人。曹玉海生长在一个极为贫穷的家庭中，父母很早离世，曹玉海在爷爷奶奶的抚养下长大。

1943 年，年轻的曹玉海参加了八路军，参军后不久，他在一次战火交锋中受了重伤，被部队安排回家养伤。他的伤还未全好，部队就转战他地了。伤口痊愈后，他与部队失联。他非常着急，一心想回到部队。恰巧这年秋天，有一支八路军队伍在附近驻扎。由于当时通信不便，曹玉海无法与第一次参军时加入的山纵二旅取得联系，所以他有了重新参军的想法，他打算加入在附近驻扎的八路军部队。而部队负责征兵的同志知道曹玉海原来参加过战斗后，便想让他回原来的队伍。但一心想参加战斗的曹玉海坚决要求加入这支部队，好早上前线报仇杀敌。在曹玉海的强烈要求下，部队首长终于答应了曹玉海参军的要求，曹玉海第二次参加了八路军。这次曹玉海加入了滨海支队。加入队伍后，曹玉海多次参加对敌作战，在战斗中奋勇杀敌，先后在江苏等地参加战斗，多次和战友打退敌人的冲锋，立下了赫赫战功。1944年，曹玉海光荣地加入了中国共产党，他感到无比骄傲和自豪。

1945 年，日军投降，抗日战争胜利。人们本以为可以过上和平的日子，但是不久解放战争又打响了。曹玉海跟着部队来到东北。东北环境条件并不好，十分艰苦，但是他和战士们都秉持能吃苦、能打胜仗的作风，投入战场。在整个解放战争期间，曹玉海参加了辽沈战役的一系列大大小小的战斗。他从战斗中学到了很多，同时也获得了很多荣誉。经过统计，曹玉海一共立了三次大功，数十次小功，并从班长提升为营长。1949 年，曹玉海在解放江南的战斗中身负重伤，留在武汉治疗。

伤愈后，组织安排他转业到武汉监狱任监狱长。

朝鲜战争爆发后，路过武汉的第一一四师奉命北上，曹玉海曾在这支部队里战斗过，他强烈要求回归老部队，与战友们一起保家卫国。师长语重心长地劝他，已经转业了，在地方好好干吧。可曹玉海决心已定，他说自己不能坐视敌人侵略不管。听到如此豪言壮志，师长十分欣慰。之后，曹玉海随着大部队踏上了前往朝鲜的征途。

入朝作战后，三四二团营长曹玉海参加了四次战役。第一次战役中，他指挥部队俘敌美军顾问和伪军400多人，这是我军第一次俘虏美军军官。第二次战役中，消灭了土耳其旅一个加强营600余人，缴获大量武器和物资。第三次战役中，击毙美军300余人，获各种火炮40余门，轻重机枪20余挺，汽车30余辆，屡获战功，赢得了"钢铁营长"的称号。

在第四次战役中，曹玉海所在的队伍突然接到命令，让他们去接替京安周围的防务。曹玉海带领一个营的战士守在高地上，这个高地关系着整个军队防御阵地的稳定。开战前，副军长江拥辉亲自找到曹玉海下任务，曹玉海当场立下军令状：保证完成任务！

从战场位置来看，高地所处地势极为严峻，地势突出在最前沿，三面受敌。曹玉海和教导员夜以继日地研究战术，勇敢抗击，屡次击退了敌人的猛烈进攻。在战斗中。曹玉海继续将自己擅长的灵活战术发挥到极致，他选出小分队，组织战士们机动出击，伺机炸桥破袭，通过此种机动的作战方式，重创了敌人，使敌人未能前进半步。经过连日苦战，部队伤亡严重，弹药不足。

恼怒的敌人走投无路，于是在飞机、坦克的掩护下，开始向曹玉海所在的山头进攻，敌人已爬上了山脚，曹玉海的阵地还是一枪不还。敌人像蚂蚁似的往上涌，钢盔和刺刀在阳光下闪闪发亮，眼看就要逼近山头。

战斗一直持续到下午，已接连打退美军六次攻击。一营二连只剩下4个战士，营指挥部设在三连，但也只剩下几个人，且弹药已基本耗光。

曹玉海再次冲了出去，不幸被迎面而来的子弹击中头部和胸部，顿时鲜血直流，他颤颤巍巍地倒下了。等到一班班长徐金发现的时候，他已经奄奄一息了。他艰难地睁开双眼，对徐金说，一定要守住阵地。

战士们的眼中都冒着怒火，誓死为营长报仇。

喊杀声冲破山谷！大家端着枪，拿着手榴弹冲向了敌人，战场十分惨烈！

最终，他们守住了阵地，而此时曹玉海营仅剩两人……

曹玉海用生命实现了和阵地共存亡的誓言，在7个昼夜的血战中，他们营一共消灭600多个美国兵，是志愿军营级建制歼敌最多的一次。

战后，曹玉海所在的三连被记集体特等功并被授予二级战斗英雄连称

曹玉海的立功喜报

号，一营被解放军总部授予抗美援朝英雄营称号，以这场战争的名字来命名一个营，这是无上的荣誉。曹玉海被记为特等功臣，并被授予战斗英雄荣誉称号。

曹玉海的英雄事迹和革命精神是我党、我军的宝贵精神财富，是激励一代又一代中国人不忘初心、继续前进的精神动力，在新时代推进中华民族伟大复兴的道路上将继续激励人们奋勇前进。

（二）拥军支前

军队打胜仗，人民是靠山。在革命战争年代，沂蒙人民自觉参与革命、支援革命，谱写了最精彩、最感人的拥军支前篇章。在战火硝烟中，沂蒙人民坚定地站在共产党和人民军队身后，无私贡献着自己的力量。他们是普通的老百姓，创造的却是极不普通的历史。在前线物资供给不足时，沂蒙人民长途跋涉，用小推车将物资及时运送到了前线，在军队兵员不足时，沂蒙人民将自己的儿子送上了战场。在这一过程中先后涌现出了"沂蒙六姐妹""陈毅担架队"等一大批拥军支前的模范，他们为抗日战争和解放战争的胜利做出了不可磨灭的贡献。

1."沂蒙六姐妹"

1947 年 6 月，鲁中军区机关报发文报道了 6 位沂蒙妇女积极支援孟良崮战役的模范事迹，并称她们为"沂蒙六姐妹"。她们是张玉梅、伊廷珍、杨桂英、伊淑英、冀贞兰、公方莲。这个群体是革命战争年代沂蒙人民拥军支前的典型代表。

1947 年 5 月，孟良崮战役打响后，从烟庄村经过赶赴前线的解放军队伍络绎不绝。部队进村，需要安排食宿、筹备军粮、护理伤员。当时的烟庄只有 150 多户人家，是拥军支前的模范村。村里的成年男子有的参军上了前线，有的参加了担架队奔走在随军支前的路上，就连上了年纪的老汉，拄着拐杖也要给参战部队带路。村里剩下的只有妇女和孩子们了。战役打响后，伤员不断送来，支前任务不断下达，部队留下主持工作的指导员因腿部负伤行动不便，村里的部分群众为了躲避敌机的轰炸躲到了山沟里。六姐妹看在眼里，急在心里，毅然挑起了拥军支前的重担。经过商议，张玉梅勇敢地担当起村长的重担，伊廷珍任副村长，其他人也分别担任文书、财粮员等职务。六姐妹决心团结一心共同挑起领导全村的重任。在半个月的时间里，为保证解放军战马吃饱喝足上战场，她们扛着杆秤，拿着账本，挨家挨户收集谷草，送到部队驻地。为保证解放军有饭吃，她们起五更睡半夜，有时通宵不休息，常常一天只吃一顿饭。妇女和儿童先把粮食从野店镇运到村里，然后要完成把粮食烙成煎饼的任务。

"沂蒙六姐妹"在 20 世纪 90 年代的合影。左起：张玉梅、伊廷珍、杨桂英、伊淑英、冀贞兰（公方莲当时已经去世）

5 月，村里开进一队解放军，接着，担架队、伤员也纷纷到来。六姐妹立即发动全村妇女为伤员烧水、做饭，包扎、护理，精心照料。正当六姐妹领着全村妇女忙着为伤员清洗包扎伤口、给战士们发放慰劳品时，她们又接到了上级下发的紧急通知，通知要求在 5 天之内完成总计 245 双军鞋的任务。时间紧，任务重。烟庄的妇女们没有怨言，在把伤员安排妥当后，各家又领了任务，挑灯夜战，只为让在前线浴血奋战的战士们穿上新鞋。

六姐妹中，冀贞兰做得一手好针线活，做鞋也是一把好手。接到任务后，她先抢着帮村里的姐妹们纺线捻绳、晒鞋壳、剪鞋帮。夜深了，她回到家里又坐在昏暗的油灯下开始纳鞋底。纳好了鞋底，要纳鞋帮，冀贞兰这时却犯了难，原来鞋面布不够了。这时，她看到了自己的大襟褂子，便把自己身上的衣服撕下来做了鞋面布。冀贞兰飞针走线，看着一双双做好的军鞋心里非常高兴。忽然，冀贞兰想起到杨化彩家分派做军鞋任务时，杨化彩紧锁的眉头。想到家徒四壁的杨化彩也许也正在为缺少做鞋的材料犯难，冀贞兰就拿起剩下的一块衣襟布直奔杨化彩家。当冀贞兰赶到杨化彩家时，只见杨化彩也正用牙咬着撕自己的衣服。冀贞兰知道杨化彩没有替换的褂子，她赶紧制止了杨化彩，把自己的大襟布送给她做鞋面布。烟庄的妇女们，在六姐妹的带领下，加班加点，在截止时间到来之前，凑齐了所要的军鞋，保质保量地完成了任务。

在孟良崮战役打得最激烈的时候，六姐妹又接到上级下达的往前线运送弹药的任务。往前线送弹药，要冒枪林弹雨，这个任务太危险了。这次，六姐妹没有挨户动员，她们自己承担起这个危险的任务。她们联络了村里几个骨干，抬着担架，推着独轮车，组成了一支运输队，上了前线。这次的任务是要把炮弹送到前沿的炮兵阵地。装满炮弹的弹药箱重达150多斤。通往前线的道路都是蜿蜒崎岖的山路，只能手抬肩扛。运输队员们就两人抬一个弹药箱，翻越长达二十多里的崎岖山路，一直送到前沿炮兵阵地。炮兵战士们看着这支妇女运输队一趟又一趟地给他们运弹药，无不感动得落泪。

完成了运弹药的任务后，她们就带领运输队返回了烟庄，一回到村里，她们就看到了部队集结、村民转移的繁忙景象。原来驻烟庄一带的解放军部队因战场变化需要转移，根据情报，敌军也很快就要占据这一带。就在这时，部队首长找到她们，通知她们随着村民一起转移，并委托她们找八套便衣给执行侦察任务的战士们。接到任务的六姐妹迅速到村里借来衣服和帽子等，帮助战士们化妆。没想到化了妆的侦察员出发不久，就与敌人遭遇，在战斗中一名同志负伤。消息传回村里，六姐妹不顾个人安危，迅速绑好担架，把伤员运回了村。伤员担心连累她们不能及时转移就劝她们快走。然而，一直到部队接伤员的同志到来，伤员安全转移以后，她们才离开村子。

据有关资料统计，在孟良崮战役期间，沂蒙六姐妹带领全村为部队烙煎饼总共15万斤，筹集草料3万斤，清洗军衣8000多件，做军鞋500多双。同时，为人民子弟兵缝补了不计其数的裤、褂。正是由于有像沂蒙六姐妹这样的人民群众的支持和拥护，我们的党和人民军队才能取得一个又一个胜利。

新中国成立后，沂蒙六姐妹依然表现出对党和人民军队的爱戴和关心。她们把在革命战争年代对子弟兵的深情厚意，化作新时期爱党爱军的实际行动。她们把用一针一线绣出的国旗送给国旗护卫队，她们去部队基层给战士们讲述革命战争年代的故事，她们在汶川大地震时把自己微薄的收入捐献给灾区人民。不论是革命战争年代还是和平时期，沂蒙六姐妹的事迹都那么感人至深。如今，六姐妹的事迹已被镌刻进莱芜革命纪念塔和孟良崮战役纪念馆的碑文。我们要铭记这段历史，缅怀无私奉献的革命先辈。

2. 支前模范陈大娘

陈大娘的名字叫高优美，出生于1900年，娘家是马庄南面的腰庄村。小时候，她经常跟着大人上山下地干活，看上去要比一般同龄人健壮、利索。后来，她嫁到马庄村，与陈元太结为夫妻。

1944年八路军解放了马庄一带，人民获得了新生，生活有了希望。共产党领导群众进行土地改革，发展生产。陈大娘为人善良、热情直爽、做事干练，又加上内心充满着报党恩的激情和动力，不怕吃苦受累，事事跑在前头，在群众中有很好的威信，1947年，她秘密加入了中国共产党。由于她两鬓斑白，看上去要比实际年龄大一些，大家又敬佩她的品行和奉献精神，所以都尊称她为"陈大娘"。

1947年7月，临朐战役打响。根据上级指示，驻马庄的第八野战医院分院要立即转移，可是有10名重伤病员因伤势病情过重，无法随院撤离。医院与区委经研究，决定将这些伤病员暂时留在马庄。区委书记、区长首先想起了陈大娘。他们俩和医院负责同志来到她家，恳切地说明了情况，请她受累照看护理一下。陈大娘毫不犹豫地答应了。就这样，陈大娘迅速把伤病员安排好，把炕和床铺都让给伤病员用，自己和女儿晚上睡在铺了草的地面上。她立刻担起责任，做饭、烧水，为伤病员们清洗伤口、上药，日夜不停地操劳起来。

陈大娘和伤病员们都盼着上级派人来，但等了一天没来，两天也没来，三天还是没来。开始，陈大娘和伤病员们都非常着急，但是陈大娘告诉自己要稳住、沉住气，不能给伤病员的情绪造成影响。于是，药品用完了，她就烧些草药当消炎药；新绷带没有了，便把旧绷带洗净后再生火烤干；粮食吃完了，毫不犹豫地把自家不多的粮食拿给伤病员充饥；为给伤病员增加营养，还隔天杀只老母鸡炖了，让大家吃肉喝汤。伤病员们看到陈大娘没白没黑地精心照顾他们，非常感动，都觉得她已经胜过亲娘。一天早晨，陈大娘给伤病员们送饭时，大家突然一起大声叫："娘！娘！娘！"陈大娘先是一怔，继而热泪盈眶，连声答应："哎！哎！哎！"

事后才知道，因暴雨持续不断，附近河流水位暴涨，国民党军构筑了工事且有飞机空中支援，临朐战役进行得极其艰难，部队面对数倍于己的敌军拼命血战。我地方党政军民全力支援前线，忙得不可开交，累得焦头烂额。特大洪水泛滥，交通被严重阻断。所以上级根本无法安排重伤病员转移。

更大的挑战接踵而至。国民党军十几万人的增援部队突破我军防线向临朐压过来，解放军参战部队奉命进行战略转移。为防止敌人报复，上级要求临朐的党员、干部、民兵和军工家属随部队大转移。

这天傍晚，陈大娘的丈夫的本族兄弟、村农救会会长陈昌太，奉命赶回村传达转移通知。他找到陈大娘说，这次部队转移急、路途远，加上天气不好，伤病员临时还接不走，请她受苦受累再多照顾几天。陈大娘一口应下。

面对险恶的形势，陈大娘始终保持高度警觉，她把伤病员的安全放在第一位，做了最坏的打算。她深知把放伤病员在一起很危险，便利用到村外拾柴火的机会，四处寻找能分散隐藏伤病员的地方。经反复比较斟酌，最终选定了两处较为理想的秘密地点。准备好后，陈大娘在夜深人静的时候，凭着自己的高个子和强壮的身体，将伤员分批次逐一背到村内外三个地方藏起来。然而家中的粮食日渐减少，再这样下去，怕坚持不了两天，解决伤病员的口粮成为当下最急迫的问题。

怎样才能渡过这个难关呢？陈大娘想来想去，想到了讨饭这条路。当时党员、干部、民兵大部分都转移了，没转移的群众白天也不敢在家里，村村人烟稀少，她和女儿一天也讨不到多少吃的。伤病员由于吃不饱身体虚弱，伤情日益恶化，有的伤口化脓、生蛆。陈大娘看在眼里，急在心里。母女俩白天为了多讨一口吃的，顾不得疲劳，尽量多跑几个村。晚上回家后，陈大娘还要穿行于三个秘密地方，去照顾伤病员。不但喂吃、喂喝，还要借助小油灯微弱的光亮，小心翼翼地为伤病员清除蛆虫、擦洗伤口，尽量减轻他们的痛苦，一忙就到半夜。

8月的一天晚上，嵩右区区长、区武工队队长杨庆三率领武工队员和担架队，急匆匆来到陈大娘的家中。杨区长眼含热泪地向陈大娘表示感谢。

随后，陈大娘领着大家将伤病员从秘密藏身地找了出来。伤病员们都感激万分，打着敬礼，用泪眼深情地望着陈大娘，人人用力喊了几声娘。他们哽咽着说，陈大娘就是他们的亲娘，没有她的精心照料，他们恐怕早已不在人世了。她就是再生母亲，他们一辈子也忘不了。

区长带领武工队保护着担架队，迅速离开马庄村，以最快的速度行进在茫茫夜色之中。

新中国成立后，陈大娘继续担任村妇女组织的负责人，更积极地投入工作，多次获得各种荣誉称号。

3. 拥军模范王步荣

"朝阳官庄彭大娘，拥参工作做得强。母送子来妻送郎，彭大娘四儿一女上前方。"

这是当年鲁中地区一支脍炙人口的歌曲。歌词中的彭大娘，就是沂水县朝阳官庄村被授予鲁中模范军属称号的王步荣。王步荣 1889 年出生于沂水县沂水镇小滑石沟村。因丈夫姓彭，人们都叫她"彭大娘"。1933 年，王步荣加入中国共产党。1938 年，她被选为朝阳官庄村妇救国会会长，随后，她发动全村妇女开展拥军支前工作。

丈夫不幸病故后，5 个孩子全靠王步荣一人抚养。1937 年，前线急需战士对抗外敌，她动员自己的二儿子彭润水到沂水抗日游击队当兵。1939 年，二儿子在攻击日伪据点时英勇牺牲。二儿子牺牲后，王步荣没有被悲痛压倒，她擦干眼泪，又将三儿子送到部队。1942 年，在抗战最艰苦的时期，她又将四儿子送上前线。部队急需医护人员，她便将唯一的女儿送往部队。

1945 年秋，为适应革命战争的需要，当地开始大规模动员群众参军。王步荣此时已经 56 岁了，她的 5 个孩子已有 4 个孩子先后参军上了前线，只有大儿子在身旁。

在一个阴雨连绵的夜晚，王步荣躺在床上翻来覆去，怎么也睡不着。她知道这次动员参军的任务很重，如果自己带头把留在身边的大儿子送去参军，工作就好做了，可自己已先后把4个孩子送到军队，只有这一个儿子留在身边，儿子才娶上媳妇，孩子还不到一岁，让他参军，工作能做得通吗？儿媳能理解吗？她又想到了自己的一生……辗转反侧，一夜未眠。天亮时，雨还在淅淅沥沥地下着，王步荣实在躺不住了，就早早起了床。她收拾好了锅灶，先烧了一大锅开水，然后做好了一家人的早饭，还做了两个平日里不舍得吃的荷包蛋。这时天已大亮，儿子、媳妇也相继起床，王步荣摆好饭菜，把一家人叫来坐下，然后亲自把盛有两个荷包蛋的饭碗递到了儿子手里。儿子一看愣住了，接着他马上明白了。过了一会儿，他瓮声瓮气地说，他不去，他要留在娘身边。忠厚老实的大儿子，历来对母亲是唯命是从的，可这次……王步荣张了张嘴，要说的话又咽了下去，她知道大儿子是个孝顺孩子，她拍了拍大儿子的肩膀，开导了他半天，后来又做通了媳妇的工作。

在动员参军大会上，王步荣的大儿子第一个报名，这一行动影响了全村，全村出现了母送子、妻送郎的热烈场面。最终，这个仅300余人的小村有40多个青壮年参军。王步荣送四儿一女上前方的事迹被登到了报刊，歌颂王步荣的秧歌小调也到处传唱。在荣誉面前，王步荣没有止步，她又带领本村的秧歌队到邻村进行宣传。看到宣传，邻村的适龄青年主动报名参军。各村的动参工作热火朝天地开展起来后，带动了整个区的工作，全区一次参军360人。1945年，王步荣获鲁中区模范军属光荣称号。

王步荣深知穷人只有起来革命才能翻身解放的道理。她不仅动员自己的孩子积极参军支前，自己也挺身而出，做了许多爱党拥军的工作。她积极参加革命活动，担任村贫民互救会组长，各项工作干得都很出色。1938 年，她光荣地加入了中国共产党。从此，她的家就成了党的秘密联络点。当地各级干部经常吃住在她家。王步荣倾注全部热情为他们烧水做饭、站岗放哨、传递情报……有一次，一位同志在执行任务中被敌人抓住，胸前的肉都被敌人用蜡烛烧坏了。党组织设法把他营救出来后，就安排他在王步荣家休养。王步荣看着遍体鳞伤的同志，心痛得直流眼泪，她赶紧撕出棉被套烧成灰给受伤的同志敷伤，然后冒着生命危险上山采草药，配置土方给他治疗。她每天熬药、清洗伤口，还把家中的母鸡杀了煮好给他滋补身体。经过王步荣的精心护理，这个同志恢复了健康，重新回到了战斗岗位。

新中国成立后，党和政府给予王步荣极大关怀。她却从不向组织伸手，保持了一个共产党员艰苦朴素的优良作风。她勤恳工作，为家乡建设和教育下一代做出了贡献，赢得了人民的拥护和爱戴。

4. 英雄群体"陈毅担架队"

小车队、担架队、挑工营……只要谈起解放战争时期沂蒙人民支援前线做出的贡献，就不得不提起这样一支队伍。他们转战南北，冒着枪林弹雨，舍生忘死救护伤员，随军参加了华东地区几乎所有的重大战役，多次立功受奖，为新中国的成立做出了不可磨灭的贡献。这支队伍就是被称为"陈毅担架队"的模范支前队伍——平邑一区担架队。

1946年9月，鲁南战役在即，平邑一区很快就组织起民工、配备担架。担架队进行了严密编组：一副担架五个人，其中一个人担任警卫，负责照顾伤员，然后三副担架编一个班，三个班编为一个分队，三个分队编为一个中队，每个中队设一个公安员负责锄奸工作，三个中队为一个大队，由区干部郭兴茂担任大队长。

鲁南战役一打响，担架队就接受了在后方运转伤员的任务，他们在两天的时间里转运伤员四次，累计行程达500余里，每天只能吃上一顿饭。一个中队甚至一天半没顾上吃饭，只喝了白开水。在鲁南战役中，担架队随军转战了七天七夜。

鲁南战役一结束，担架队又开赴兰陵西北傅山口附近的战场。大队长郭兴茂把队伍布置在阵地后面的山腰上，并依照火线抢救伤员。他调配好三个中队的力量，自己带领一副担架隐蔽在最前沿的石棚下瞭望战场情况。战斗打响后，万炮齐鸣，枪声大作。伏在前沿的中队长高启文，突然发现我军一个战士中弹倒下，吃力地向附近一个瓜棚子爬去。敌人的机枪继续向爬行的那个伤员射击，队员们都为他捏着一把汗，高启文毫不犹豫地向那个伤员冲去。敌人发现了高启文，便加强了火力封锁，子弹从他头上掠过。帽子被打飞了，他继续向前爬行。一颗炮弹落在他附近爆炸，额头被乱石砸出了血，他忍着疼痛，爬到伤员身边，用右胳膊肘撑着地，左胳膊夹着伤员包扎完伤口，背在身上，避开敌人的火力，顺地堰下坡往回送。高启文终于以最快的速度把伤员送到了担架旁，他不顾队员们的劝阻，转头又向瓜棚冲去。

高启文弯腰来到瓜棚跟前，一颗炮弹飞来，把瓜棚炸塌了，高启文被埋到瓜棚底下，幸好没有受伤。他挣扎着钻出来向前望去，突然他发现不远的沟崖上，我军一名战士正和一敌兵格斗，敌兵居高临下，我军战士无力还手。高启文顺手摸起一根炸断的木棒，飞奔到敌兵身后，使劲对其腿部打了一棍，敌兵一下就被打倒，我军战士顺手拉住敌兵的腿扔到沟里去了。当我军战士又去追击敌人时，高启文没有忘记自己的职责，拉住战士问有没有伤员。战士边跑边答，伤员在前面一条沟里。高启文找到沟底，又救出了一名受伤的战士。

把从战场抢救下来的伤员转送到后方医院，是担架队的一项艰巨任务。一方面多数伤员急需抢救，时间不等人；另一方面，后方医院与前沿阵地有一段距离，这就需要队员有吃苦耐劳的精神，要有毅力。泥沟战场上，战斗正打得激烈，担架队紧紧跟随前沿部队向前推进，四处寻找我军伤员。高启文领着担架队队员在沟沿上发现了一名受伤的同志，袄袖上还冒着火星，他们急忙跑上前把火搓灭，抬起来就往后送。时值深夜，担架队抬着伤员，沿着转运路标快速行进着，一口气走了几十里，才在一个村头停下来休息。伤员冷了，队员们就脱下自己的棉袄给伤员盖；伤员饿了，就用节约的钱买烧饼油条给伤员吃；重伤员身体虚弱，有的队员就自己掏腰包到沿途村庄买鸡蛋来喂伤员。

战场上的情况瞬息万变，担架队队员一上阵就忘了危险。泥沟战场上，高启文正带着担架在一个村庄转运伤员，突然，溃逃之敌向这个村庄涌来。高启文果断地组织民兵阻击敌人，掩护担架队转移伤员。民兵们非常勇敢，一阵排枪、手榴弹打过去，有几个敌人栽倒了，但其余的像无头苍蝇硬往村里钻。高启文和民兵一起硬是把敌人堵在村外，等担架队将伤员全部转移出村，他们才撤出战斗，这帮敌人又钻进了我军正规部队的口袋。

最令人叫绝的，还是他们抓俘虏的故事。一天夜里，郭兴茂带人赶赴前沿阵地接受新的任务。他们刚离开宿迁县，就听见远远传来马嘶声和杂乱的脚步声，郭兴茂判断是一伙被我军打散的敌人。等敌人再靠近一些，郭兴茂命令民兵开枪示警，敌人一下子乱了套。郭兴茂见敌人已丧失了战斗意志，无心恋战，便果断地带着队员和民兵，手中握着扁担，飞快地向敌群冲去。担架队和敌群靠近了，民兵又打出一枪，敌人看不出冲上来的人手中拿着什么武器，纷纷扔下重机枪、迫击炮，跪在地上磕头求饶，敌人一下成了一区担架队的俘虏。

鲁南战役最终胜利结束了，平邑一区担架队也圆满完成了战勤服务，取得了模范担架队的光荣称号。担架队队员中，除了荣立一等功、二等功、三等功的，其余也受到表扬。然而，他们并未躺在功劳簿上止步不前，还没顾上休息，又继续跟随华东野战军挥师北上，奔赴莱芜战场。在路过家乡平邑镇时，全队没有一个人请假回家，迅速通过。

　　由于担架队的出色表现，在莱芜战役结束后的总评大会上，平邑一区担架队荣获"陈毅担架队"的光荣称号，并被授予锦旗。

三

水乳交融

中国共产党在沂蒙地区爱民为民，党的为民情怀和优良作风深深感召着沂蒙人民，因此沂蒙人民坚定了跟党走的信念。沂蒙人民爱党为党、参军支前、无私奉献。沂蒙人民用实际行动写下了中国革命史上最精彩、最感人至深的篇章，涌现出一大批家喻户晓的模范人物。如果离开党的领导，沂蒙人民就失去了主心骨、顶梁柱，沂蒙地区的革命事业就会陷入混乱状态。如果离开人民的参与和支持，党的奋斗目标就成了无源之水、无本之木。中国共产党、人民军队和沂蒙人民在艰苦的革命斗争中形成了深厚的鱼水情谊和血肉联系。

（一）爱民为民

在沂蒙革命根据地发展过程中，党与人民建立了密切的联系，党始终把人民群众放在中心位置。中国共产党自进入沂蒙地区，就把为人民谋解放、为人民谋幸福作为自身的目标和追求。在这一目标的指引下，中国共产党在沂蒙地区始终践行一切为了群众、一切依靠群众的路线，全心全意践行自身的宗旨和使命，得到了人民群众的拥护和支持。中国共产党一心为民的价值取向，极大地影响了沂蒙人民，使沂蒙人民增强了对党的信任和热爱，坚定了永远跟党走的信心。

1. 刘少奇不扰民

抗日战争时期，刘少奇同志在沂蒙地区工作、生活过。1941 年后，日军疯狂进攻山东抗日根据地，不断扩大占领区。在日伪军夹击和天灾病患的共同作用下，山东抗日根据地面积日益缩小，处境极为艰难。在此万分危急的情况下，对于反"扫荡"策略和群众工作等问题，山东党政军主要领导又产生了严重分歧，难以统一思想认识，这直接影响到巩固和发展山东抗日根据地。1942 年，时任新四军政治委员刘少奇准备启程返回延安时，收到电报，要他路经山东时指导帮助山东的工作。刘少奇在山东停留的几个月成为改变山东根据地抗战局面的关键。

1942 年 4 月，刘少奇一行到达中共山东分局、八路军第一一五师师部驻地临沭县朱樊村，那里是当时山东抗日根据地的中心。刘少奇一到山东就充分发动群众。通过细致的走访调查和缜密思考，刘少奇认为山东分局工作的弱点是，没有把群众运动摆在适当的位置上。在刘少奇的推动下，群众运动有序开展，山东根据地的工作很快出现了令人惊喜的转机。

刘少奇同志在沂蒙山区留下了许多感人的故事，其中他为一把椅子而向群众道歉的故事就广为人知。

有一天，刘少奇在一个村子调研时，被安排住在村支书家里。支书家里很简陋，只有一条三条腿的板凳，通信员便用土坯支起来，让刘少奇作为办公椅使用。儿童团团员丁长春看见刘少奇坐在那样的板凳上专心工作感到很不舒服，便和几个小伙伴商量一定要为他弄到一把像样的椅子。刘少奇的通信员知道了他们的计划，也很赞成支持。于是，几个孩子就来到村中大户张爹家，理直气壮地对他说，上级有命令，叫他的椅子抗日去。

刘少奇在山东纪念馆

张爹一时不明白他们的意思，在丈二和尚摸不着头脑之时，一把椅子就被儿童团团员们搬走了。

看到孩子们搬来的椅子，村支书严厉地批评了他们，告诉他们此举破坏了纪律，张爹是位开明绅士，是我党团结的对象，未经允许强拿他家的椅子是严重的错误。刘少奇得知此事后，走出房间，仔细询问了事情的经过，对村支书说，他亲自去送还椅子，并向张先生道歉。怕暴露身份，村支书坚决不让刘少奇同志亲自去道歉。但刘少奇一再坚持，支书只好陪着一起来到张爹家。

一见到张爹，刘少奇就向他道歉。刘少奇同志情真意切的一番话使张爹深为感动，憋在张爹胸口的怒气，顿时烟消云散了，他赶紧吩咐家人泡茶递烟，热情地招待这位客人。

寒暄过后，刘少奇自然而然地把话题引到抗日救国上来，他表示，大敌当前，各阶层民众应该团结一致，有人的出人，有钱的出钱，有力的出力，只要全国同胞同心协力，就一定能打败敌人。

听了刘少奇的这番话，张爹心悦诚服，尽管他不知道面前这位和蔼可亲的客人就是中国共产党的重要领导人刘少奇同志，但他是从心底里佩服共产党的抗日壮举的，称赞八路军能打仗，八路军的长官有才学，没有架子。他说，他人老了，不能亲自上疆场杀敌，愿在人力物力上助抗日队伍一臂之力。

在这个村子工作期间，刘少奇又多次和张爹交谈。一次次动之以情、晓之以理的恳谈，使张爹受益颇多，他对抗日的认识不断提升。加之已受革命思想影响的儿子也劝导，张爹义无反顾地变卖家产，购买武器，武装起一个大队的抗日兵力，交给八路军领导。张爹被乡亲们亲切地称为"抗日老英雄"。

1942年7月下旬，刘少奇离开山东抗日根据地，辗转返回延安。虽然他在沂蒙山区的时间不长，但留下了一串串闪光的足迹和宝贵记忆，成为沂蒙红色文化中璀璨的明珠。刘少奇同志平易近人、和蔼可亲的人格魅力和脚踏实地、团结群众的工作作风给人们留下了深刻的印象。

2. 陈毅"审"西瓜

1946 年夏季，陈毅司令员率领山东野战军，打响了涟水战役。经过一场场激烈的交锋，我军挫败了国民党的猖狂进攻。由于多日阴雨天气，再加上连续艰苦的作战，陈毅司令员腿伤复发，发起高烧，食欲大减，甚至连饭都吃不下去。警卫员于庭信看到陈毅面容苍白，脸颊日渐消瘦，心中十分难过。

阴雨连绵的日子终于过去，骄阳似火的天气紧接来临。一天，于庭信到司令部电讯处送文件，完成任务后便往陈毅的住处走。此时，盛夏的烈日火辣辣地照射着苏北平原，地里散发出令人窒息的潮气，于庭信大步流星地走着，突然脚下一滑，低头一看，原来是踩到一块西瓜皮上去了。于庭信一个激灵，突然想到陈毅司令员平时喜欢吃西瓜，如果买个西瓜给他吃，或许能增加食欲，身体应该会好得快一些。于是他便飞快地奔向村外，走到附近的一块西瓜地。瓜地里只有一个七八岁的男孩在看瓜。

于庭信一看孩子不能做主，只好又走到邻近的一块瓜地。可是这个瓜地里只种了甜瓜，没有西瓜。没有办法，于庭信又回到了原来的瓜地。于庭信对看瓜的小男孩说，部队里有个人病了，吃不进饭去，想吃西瓜，问他能不能卖一个西瓜。男孩让于庭信自己挑，说他这就回家说一声。

于庭信看着满地的西瓜，用手摸摸这个，敲敲那个，差不多都熟透了。选了半天，于庭信看好了一个青皮大西瓜，就一把揪了下来。于庭信放下西瓜，伸手去掏钱，一摸衣兜，突然发现分文没有。于庭信把西瓜抱起来，又放下，再抱起来，又放下，只盼着看瓜的孩子早点回来，说明情况。等呀等，等了足足一个多小时，于庭信望眼欲穿，但连孩子的人影都没见。于庭信急得抓耳挠腮，左等右盼，实在没有办法，于庭信就写了一张欠条，放在瓜棚里。然后，于庭信就抱起西瓜往回走。

于庭信回到陈毅司令员住处。他把西瓜洗得干干净净，然后又把准备切西瓜的小刀磨得锃亮，专等首长醒来吃西瓜。过了一会儿，陈毅醒来。他发现桌上的西瓜，赶忙问，哪来的西瓜？于庭信高兴地说是他买来的。陈毅说部队没发军饷，问他，哪来的钱买西瓜？于庭信没想到陈司令员问得这么仔细，随即改口说从街上拣来的。陈毅更怀疑了。于庭信看陈毅非常严肃，只好如实地讲了摘西瓜的整个过程。陈毅听了后，更加严肃地说道，一个西瓜看似事小，但影响很大。人民军队应该处处照顾人民，时刻爱护群众。于庭信听了司令员的这番话，又想到平时部队一再强调的纪律，知道自己错了，忙对陈毅说他错了，这就把瓜送回去。于是，于庭信抱起西瓜，直奔瓜地。

来到瓜地后，正好看瓜的孩子和他的父亲都在瓜地里。于是，于庭信马上对瓜地主人说明了原委，并一再道歉。瓜主听说陈毅病了，连忙让于庭信把瓜再抱回去，送给陈毅吃。于庭信一再解释人民军队的纪律和陈毅的作风，不拿群众的一针一线，然后就告别老乡回部队去了。种瓜的老乡非常激动，逢人便夸赞人民军队是一支纪律严明的队伍。

3. 朱瑞拉犁

人们都说军人的手应该是紧握钢枪的，而这名军人竟拿起了拉犁的绳子。对于他来说，当时他眼前这片荒地就是他的战场。说起这名军人，在抗日战争时期的山东根据地可谓无人不知，无人不晓，他就是朱瑞，是中国人民解放军炮兵的奠基人。朱瑞曾任中共中央山东分局书记、八路军第一纵队政治委员、山东军政委员会书记等重要领导职务，为山东抗日根据地的发展做出了重要贡献。

在抗日战争进入相持阶段后，国民党中的亲日派打着曲线救国的口号，公然投敌，许多国民党部队成为日本侵略者的帮凶。我党领导的山东抗日根据地自然也成为中外反动势力的眼中钉、肉中刺。为消灭抗日军民，日伪军对沂蒙地区进行了空前残酷的大"扫荡"，铁蹄所到之处，血流成河，几无生灵。其他抗日根据地也在遭受敌人的肆意蹂躏。一时间，我党处于非常困难的境地。

在这种情况下，党中央发出号召，各根据地开展大生产运动。1943 年 5 月，朱瑞带着他的警卫员一起来到山东分局驻地滨海区一片荒地上。

当时正值春播季节，全体机关人员投入开荒种地。在地头上，警卫班长徐洪德递给朱瑞一把镢头，要他打地块，因为这活儿轻快一些。朱瑞并没有接镢头，他对徐洪德说，他要拉犁。徐洪德想，朱瑞日夜不分地工作，已经够辛苦了，不应该叫他担负繁重的劳动，就又提出让他扶犁。朱瑞却说，扶犁是技术活，他没有学过，不会干，还是让他拉犁比较合适。

徐洪德知道朱瑞的脾气，他说要干的事，很难说服他改变主意，于是只好递给他一根绳子和一条毛巾。朱瑞就把毛巾扎在脖子上，拿起中间那条又粗又长的绳子，放在肩上，两个警卫员分别在朱瑞的两边，摆成"人"字形，开始拉犁耕地。徐洪德以前在家种过地，这次他负责扶犁，六个人管着一盘犁，在这片高低不平的荒地上来回翻起地来。半个小时过去，朱瑞出汗了，他回头看了大家一眼，见大家都有点儿累，便提议唱号子。大家听后，互相看了一眼，说不会唱。

朱瑞立即表示，不会没关系，可以学。朱瑞声音洪亮地喊着号子，警卫员随声附和。朱瑞继续唱，警卫员再附和。呼号声越来越大，大家拉犁的劲头也越来越足。这几个人的欢快情绪，很快感染了整个工地。一个钟头的时间，开垦了足足10亩地，朱瑞满意地擦着汗，劝大家先休息一下。此时，朱瑞才发现，自己的衬衣已经磨坏了。

虽然劳累了一天很疲劳，但回家后的朱瑞精神依旧非常高涨。他一进屋就对他的爱人潘彩琴说他的衬衣恐怕彻底报销了，潘彩琴眼光朝他的身上一扫，果然见他的衬衣被绳子磨碎了。朱瑞问，还能不能补？潘彩琴说不能补了，紧接着说，可以做件新的。朱瑞感到很惊讶。潘彩琴往床上一指说，正好床单刚洗过，这就给他做。说罢，她拿起剪刀、尺子便裁了起来。潘彩琴知道朱瑞没有衣服可以换，怕他着凉，便连夜为他赶制衬衣。第二天，朱瑞果然穿上了新衬衣。

在沂蒙山区，曾流传着很多关于朱瑞的战斗、工作和生活的动人事迹。这"我要拉犁"的故事，至今仍被传为佳话。

4. 会"飞"的木桶

徐向前

1939年6月，徐向前受中共中央和八路军总部的委派与朱瑞一起到沂蒙山区成立八路军第一纵队。在沂蒙根据地期间，作为军队的高级指挥员，徐向前艰苦朴素、廉洁奉公，生活上从不搞特殊。衣服破了自己缝，草鞋坏了自己打。"会'飞'的木桶"的故事就发生在这期间。

那是1939年的冬天，沂蒙地区出奇地冷。迎着刺骨的北风，紧紧裹着棉大衣的徐向前司令员，带着警卫员走进了房东麻大爷家。这是一个低矮的石墙小院，有三间小草房，老人正坐在被窝里取暖。麻大爷看是徐司令员来了，就要起身迎接，徐向前赶紧按住了麻大爷，不让他起身。他坐在老人身边，伸手握住了老人粗糙的手掌，老人手上的寒气让他不由自主地摸了摸老人身上盖着的被子。徐向前把自己的大衣脱下来，盖在了麻大爷的薄被子上面。警卫员怕司令员着凉，就小声地提醒他别冻着。话还未说完，徐向前就摆手打断了他，并让他出去走走，说自己要和麻大爷说说话，拉拉家常。徐向前倾着身子，拉着大爷粗糙的手与他家长里短地说着话。两个人说着话拉着呱儿，就像认识了许久的朋友。麻大爷看到徐向前的嘴唇冻得发青，就要把盖在身上的大衣还给他，徐向前连忙紧紧地摁住大衣并说道，大衣就送给大爷了。徐向前把大衣披在了起来相送的麻大爷的身上，和老人道别。

　　站在院子的警卫员看到徐向前出来后高兴地迎上去说，大爷家的木桶盛水不上冻，比他们饮马用的铁桶好用多了，不容易冻实心了，要是用这个木桶就太好了。徐向前没有接话，只是说了句，别忘了纪律。回去后，警卫员又提起冻得硬邦邦的铁水桶，一滴水也倒不出来。他情不自禁地说，还是麻大爷家里那样的木桶好。晚上，警卫员甚至做了一个梦，脑海里是一个又大又结实的木桶在转哪转哪。第二天一早，警卫员的梦竟然变成了现实，一个大木桶在大门口。警卫员拿起木桶，向四周看了看，没有发现人影。他就拿着水桶去井上打满水，提回来就放到了马头前面，并对马说以后不用担心没水喝了。

　　警卫员正津津有味地看着马喝水，突然听到一个浑厚的声音。警卫员一看是司令员来了，正用疑惑的眼光看着自己。徐向前严厉地对警卫员说，不要忘了纪律，赶紧把木桶给麻大爷送回去。警卫员赶紧提起木桶向麻大爷的屋子走去。他边走边想：是不是昨天说的话被麻大爷听到了？大爷知道八路军不拿群众一针一线，所以就偷偷把木桶放在门口了。过了一会儿，警卫员提着木桶回来了。他向徐向前汇报说，麻大爷不承认这是他家的木桶。他家的木桶还在家里放着呢。徐向前看了看警卫员，紧接着问道，这只木桶是长着翅膀自己飞来的？麻大爷还说什么了？警卫员挠挠头说道，麻大爷说，找不到木桶的主人的话，就让咱们先用着。徐向前点点头，说先用着吧，老百姓支持我们，一定继续寻找木桶的主人，不能让老乡受损失。第三天，部队整装就要出发。徐向前司令员让警卫员提上两个铁桶，一起去麻大爷的小院。进屋坐下后，徐向前对麻大爷说，部队马上就要出发了，他们过来道个别。他拉着麻大爷的手说，前天早上，那里突然飞来一只木桶，也不知道是怎么回事。麻大爷拍了拍徐向前的手笑着说，山里奇事多，木桶也会长翅膀的。徐向前会心大笑着说，他有了飞来的木桶，就用不着铁桶了，便要把铁桶送给麻大爷。麻大爷直摆手。徐向前又说，不是说军民一家亲嘛，就别客气了。最后，老人还是收下了这两个大铁桶。

如今，这个"长翅膀的木桶"就存放在华东革命烈士陵园，作为革命文物，成为那段革命岁月的历史见证。木桶虽小，却是党群同心、军民情深的具体体现。人民军队把老百姓的冷暖放心上，人民群众付出真心的回报。正是发生在沂蒙大地上的这一个个暖心的故事，汇聚成党群同心、军民情深的滚滚洪流，铸就了伟大的沂蒙精神。

5. "庄户县长"王东年

在莒南县有一位县长常常被人们谈起，因为他平时经常穿一件粗布棉袄，腰束布绳，头戴黑毡帽，脚穿草鞋，完全是一副农民的装束，人们说他像庄户人，因此，都亲切地称他为"庄户县长"。这个被称为"庄户县长"的正是一心为民的王东年。

王东年是莒县北杏村（现属诸城市）人，1915年出生于一个地主家庭。先入村塾，后改读小学，1936年考入省立济南一中。他自幼聪明好学，善于思考，具有强烈的爱国意识和进步思想。1937年，王东年加入了中国共产党。1941年，他被民主选举成为中共莒南县第一任县长。这个家人眼里叛逆的富家公子，把所有精力都放在了抗日上，也把家里能拿出来的都给了乡亲们。

1941年冬季，灾荒十分严重，上上下下都吃不上饭。有一次县府驻兰墩村人，弄了一些已经发霉成块的地瓜干，烙的煎饼不成个，霉、涩、苦味甚浓。王东年带头吃，于是大家也都跟着吃了。当时莒北敌占区的贫苦农民由于不堪忍受日伪军的摧残和饥饿，成群结队涌入莒南。那些老人骨瘦如柴，很多婴儿嗷嗷待哺。看到这种情况，王东年立刻召开群众大会，向大家讲不能见死不救的道理。他的一席感人肺腑的话，把难民和全村的群众感动得流出了热泪，许多群众主动捐粮、献草，帮难民渡过难关。

1942至1944年，连续三年大旱。旱灾和蝗灾引发了严重的饥荒。面对面黄肌瘦、衣衫褴褛的难民，王东年忧心如焚，寝食难安，就提笔给家里写了一封信。信的大意是：他们这里闹饥荒了，乡亲们日子过得很苦，没有穿的，没有吃的，连树皮都吃光了，有些人都饿死了、病死了。家里也没有多余的资产，还是把祖林里的那些大柏树卖了吧，用这些钱能救活好多的孩子和老人。他从小受父母言传身教，是他们让他明白了识大体、晓大义的道理。他知道，卖祖林属于大逆不道，是家族的一种耻辱。自古忠孝难两全，他更不愿愧对乡亲。

据有关资料记载，这几十棵大柏树一共卖了 200 块银圆，小部分给了县政府的伙房，大部分救济了灾民。按照当时的物价，100 多块银圆只能买 1000 多斤粮食，只能满足最困难的群众的需求。但是，王东年卖祖林救济灾民的事迹还是传扬开来，让人民群众再一次感受到共产党人为人民谋幸福的实际行动。许多群众感动地说，古往今来，有谁舍得为穷人卖祖林呢？只有共产党这样做了，只有共产党才是他们的亲人。

1943 年 8 月，中共莒北县委、县政府成立，王东年任县委委员、县长。为进一步扩大抗日根据地，同年秋，王东年带领部分武装开赴莒（县）诸（城）地区开展工作。10 月，中共莒诸边县委、县政府成立，王东年任县委委员、县长。1944 年 11 月，伪莒县保安副大队长莫正民率所部几千人反正，被编为八路军山东军区独立二旅，王东年奉命担任该部政治部主任。任职期间，为该部的改造和政治建军做了大量卓有成效的工作。短时间内，该部成了闻名鲁南的特别能打阻击战的部队。1945 年 11 月，遵照党组织的决定，王东年由部队回到地方改任滨北专署专员。1949年3月，他又奉命率大批干部随解放军南下，支援新解放区。1952年11月，被调往国家统计局工作。1955年5月，调至外贸部技术合作局工作。1958年12月，调至国家科委国际合作局工作。1964年4月，改任全国科技协会书记处书记。

王东年始终用自己的实际行动践行群众路线，践行党的全心全意为人民服务的宗旨。

（二）大爱无疆

在沂蒙这片英雄的土地上，沂蒙人民谱写了感人至深的大爱之歌。沂蒙人民用自身的实际行动践行对中国共产党和人民军队的大爱。在部队需要兵源时，沂蒙人民积极响应号召，母送子、妻送郎，感人场面数不胜数；在革命后代需要照顾时，有着大爱情怀的沂蒙人民，主动承担起照顾、抚养革命后代的任务；在战士们受伤时，沂蒙人民承担起掩护、护理伤员的任务。他们用实际行动展现了沂蒙人民的大爱情怀。

1."沂蒙母亲"王换于

抗日战争时期，在沂蒙山区有一个被誉为抗日"堡垒村"的村子叫东辛庄，位于沂南县马牧池乡，一度成为山东抗战的

王换于

指挥中心。村民们在抗战期间踊跃参军支前，为革命做出了突出贡献。村里有家"堡垒户"，带头人便是著名的"沂蒙母亲"王换于。她同时也是电视连续剧《沂蒙》中女主人公的人物原型。

王换于，1888年出生于沂南县岸堤镇圈里村，在出嫁前一直没有自己的名字。19岁时，嫁到了马牧池乡东辛庄于家，之后就被人称为"于王氏"。抗战之初，于王氏因性格直爽，办事干练，心地善良，思想又比较先进，被当地党组织培养成为入党积极分子。1938年，在介绍于王氏入党时，有个干部说，于王氏嫁到婆家时，于家用两斗谷子作为聘礼，那就叫于王氏"王换于"吧。从此，王换于这个普普通通的山东农家妇女的名字，就和中国革命紧密联系在了一起。

1939年6月，八路军第一纵队来到马牧池乡，徐向前就住在了王换于家里。当时纵队里有许多孩子跟着队伍四处奔波，生长环境十分恶劣，个个又瘦又小，面黄肌瘦。见此情景，王换于心疼不已，很是不忍，便向徐向前提出，这些孩子天天跟着他们东奔西走，也不是办法，不如把孩子们集中到一起抚养。于是，1939年10月，在徐向前的委托以及当地党组织的协助下，王换于办起了战时地下托儿所。

这个托儿所在创办之初有 27 个孩子，这些孩子中大的不过七八岁，最小的生下来只有三天，而且大多数孩子存在营养不良的情况。这 27 个孩子之中就包括徐向前的女儿，罗荣桓的女儿，陈沂、马楠夫妇的女儿。为了照顾好这些孩子，王换于借自己在妇救会的工作之便打听每户人家的状况，动员刚刚生过孩子的母亲抚养托儿所里年龄比较小、需要吃奶的婴儿，稍大一点可以喂饭的孩子就送到忠实可靠的人家进行照料。王换于家主动承担了 7 个孩子的抚养工作，王换于家的老屋也随之成为战时地下托儿所的"中心"和"根据地"。只用了几天的时间，部队送来的这 27 个孩子就被王换于妥善安排好了。后来部队上又陆续送来一些，托儿所的孩子数量达到 41 个。由于家里孩子较多，王换于担心会引起日军的注意，就在村子后面挖了一个大地窖，修补了一个山洞，以备日军突袭时能有一个逃避之所。1941 到 1943 年间，只要日军在村子里进行大"扫荡"，王换于一家便会带着孩子们到地窖或者山洞里面避难。1943 年后，王换于及其家人又抚养了几十个革命后代。

对于战时地下托儿所里的这几十个孩子，王换于及其家人都会用自己的生命来照顾和呵护。有一天，王换于到西辛庄去看望一个寄养在老百姓家里的烈士遗孤，那是一个不满一岁的婴儿。在看到这个烈士遗孤由于没有奶吃饿得瘦弱不堪时，她心如刀绞，随即就将孩子抱回自己家，交给了当时正在哺乳期的二儿媳陈洪良。那时陈洪良还抚养着自己的孩子，以及几个托儿所的孩子，奶水显然也不够吃。万般无奈的王换于只能含着眼泪叮嘱儿媳，一定要好好照顾托儿所的这些孩子。在王换于的影响和带动下，两个儿媳都尽心尽力呵护这些革命后代，奶水先给将士们的孩子吃。从 1939 年秋到 1942 年年底的三年时间里，战时地下托儿所的几十个孩子都健健康康长大，而王换于自己的亲孙子，却由于长期营养不良，又疏于照顾，先后夭折，王换于和儿子儿媳哭得肝肠寸断。

1943 年后，托儿所的一些孩子被父母先后接走了，离别的时候，孩子们都拉着王换于的衣角，哭着喊着不愿意离开。王换于心里很矛盾，她既为孩子们可以回到父母身边感到高兴，又难过自己不知道什么时候才能再见到他们。1944 年的春天，剩余的孤儿们也被组织安全转移。

抗战胜利后，山东保育小学共有 600 多个学生被安置在了东辛庄，王换于一家又挑起了为这所小学服务的担子。

除了倾力抚养革命后代，王换于及其家人还积极踊跃支前、救护伤病员，倾其所有、无私奉献，为新中国的成立做出了重要贡献，让人们为之动容。

1947 年，蔡畅参加了第一次世界妇女代表大会，并在会上代表中国妇女做了王换于事迹的专题报告。正是因为这个报告，王换于的名字名扬中外，她也被世人亲切地誉为"沂蒙母亲"。

1989 年，王换于去世，享年 101 岁。1997 年，沂南县妇联、沂南县民政局、马牧池乡人民政府在鲁中烈士陵园为王换于立碑纪念。2003 年春，为纪念王换于，就在王换于的百年老屋旧址，当地政府建了"沂蒙母亲王换于纪念馆"，并为王换于塑造了一尊铜像。

2."沂蒙红嫂"明德英

王家河是沂南县马牧池乡境内一条蜿蜒数十里的小河,"沂蒙红嫂"明德英生前就住在这条河边的横河村。

明德英,1911年出生于沂南县马牧池乡一个贫苦的家庭,父母靠给地主种地为生。幼时因病而哑,由于不会说话,明德英常常遭到地主辱骂和殴打。后来,她讨饭来到横河村,嫁给一贫如洗、靠要饭度日的横河村村民李开田。乡亲们看到他们无房无地、生活艰辛,便让他们去照看墓林。明德英一家就在墓地边搭起了一个草棚,林边空地可以种庄稼,林中树木可供给柴草,生活总算安定下来了。忍饥挨饿、受尽磨难的生活,使明德英认清了正义和邪恶;八路军的抗日举动,使明德英明白了民族大义。虽然不能说话,但明德英自己心里清楚谁可亲,谁可恨。

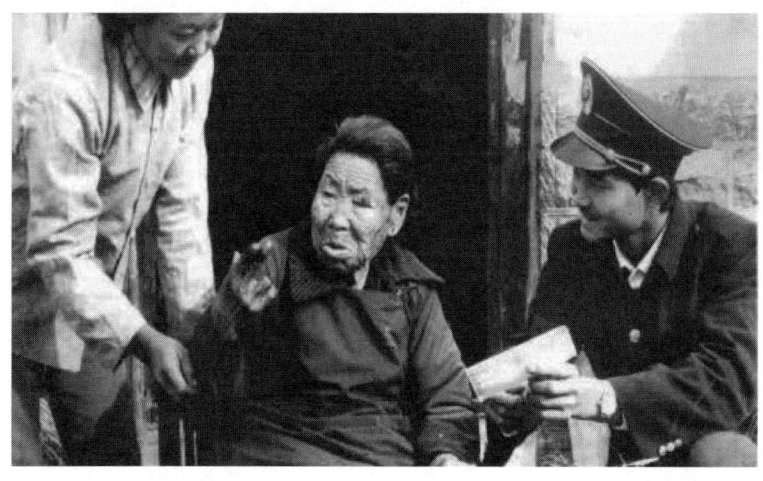

明德英(中)

87

1941 年冬，驻沂南马牧池乡的八路军山东纵队司令部突然被大批日伪军包围，由于事发突然，加之敌人封锁严密，司令部的部分工作人员未能撤离，一场激烈的突围战打响了。战斗的第二天，一个身负重伤的八路军小战士艰难地冲出敌人的包围，踉踉跄跄地来到附近河岸边，在坟地、树木间躲避敌人的追赶。经过明德英家的草棚时，正抱着孩子的明德英看出小战士的处境，立刻迎上去要将他拉进自家草棚。虽然后面有敌人追击，情况危急，但小战士一心怕连累这位大嫂。明德英拼命地将他拉进草棚，让负伤的小战士躺在床上，将仅有的一床破烂不堪的被子盖在他的身上。很快，两个日本兵追赶到草棚门前。在盘问时，日军发现她是哑巴，就使劲儿比画着战士的身高、衣着，问她那个八路军战士跑到哪里去了。明白了敌人的意图之后，明德英毫不犹豫地指了指西山，追捕的日本兵立刻朝着那个方向跑去。等到日军远离后，明德英赶紧回到草棚，掀开被子发现小战士因流血过多已经处于昏迷状态。危急时刻，明德英来不及烧水做饭，正在哺乳期的她毫不犹豫地解开衣襟，将奶水挤进了小战士的嘴里，伤员终于苏醒了过来。随后，为了伤员的安全，她和丈夫一起把小战士转移到林中一座刚刚垒好的空坟里，用秋天收割的柴草将坟门堵上。明德英一日三次为他送饭送水。

　　躲在空坟养伤的第五天，小战士的伤口由于包扎不当，感染化脓了，脓水外流，发出难闻的臭味。小战士脸色蜡黄，慢慢消瘦下去。明德英心急如焚，每天用盐水为伤员擦洗伤口，又把家中仅有的两只鸡宰杀熬成鸡汤，一口一口地喂给小战士。在明德英及其丈夫的精心护理下，半个多月后，小战士伤愈归队了。然而明德英自己的小儿子却被日本侵略者摔坏了脑子，生活不能自理。

1942年年底，日军对沂蒙山区展开大"扫荡"，老百姓被迫风餐露宿地躲在山沟里，抗日战争到了最艰苦的阶段。1943年年初，八路军山东纵队年仅13岁的看护员庄新民在反"扫荡"期间与部队走散掉队，在躲难过程中，他被山石划伤多处，最后不幸被日军抓住。由于他年龄较小，又是普通百姓的穿着打扮，身份没有暴露。明德英的丈夫正巧在被抓的群众中，他见庄新民年龄小，身上又多处有伤，起念掩护照顾他，与他父子相称。好在没有引起日军的怀疑。到达泰安之后，他们一起被释放。李开田背着身体虚弱、伤口化脓的庄新民翻山越岭，长途跋涉几百里，回到了沂南老家。明德英见庄新民脚伤得厉害，就用盐水给他清洗伤口，精心包扎起来。家里找不出一点吃的东西，明德英出去从外面弄回几个土豆，蒸熟，拌上芝麻盐给庄新民吃。日伪军不定时就来搜查，李开田和明德英夫妇冒着巨大的风险，在团瓢、墓地、石沟草丛里与敌人周旋，不时将虚弱的庄新民转移到安全之地。为了让庄新民安心养伤，明德英常常夜里几次起来到外面观察动静。在二人的精心照料下，庄新民的伤口渐渐愈合，身体恢复健康后，他依依不舍地告别救命恩人，踏上了寻找大部队的征途，顺利找到部队后，又重新投入抗日的伟大事业。

新中国成立后，在上海工作的庄新民多次联系寻找当年对他有救命之恩的两位老人。1955年，费尽周折的庄新民在沂南县邮局的帮助下终于找到了救命恩人。这时他才知道，救他命的沂蒙老爹叫李开田，大娘叫明德英。1956年春节后，庄新民将"老爹"请到上海住了半个月，他终于有机会报答救命、养育之恩。自这次团聚后，庄新民一直与明德英一家保持着密切联系，逢年过节就给两位老人寄食品、寄衣服，老人也常给他寄去沂蒙的土特产品。

1985年春，在上海工作的庄新民又一次踏上沂蒙大地，见到了阔别几十年的救命恩人明德英，年过半百的庄新民像孩子一样抱着她泪流满面，失声痛哭……看到此情此景，在场的人都忍不住流下热泪。1995年，明德英在横河村病逝。2002年，庄新民以明德英长子的身份给两位老人立了碑，庄新民的两个儿子每年清明都前来扫墓。

新中国成立后，明德英又先后送儿子、闺女、侄子、孙子等亲人参军，以实际行动诠释了沂蒙人民爱党爱军的光荣传统。她舍身救护八路军伤员的英勇事迹被写入小说《红嫂》，小说后被改编为京剧《红嫂》和舞剧《沂蒙颂》等多种艺术作品。沂蒙红嫂用乳汁救伤员的故事随之传遍大江南北，明德英成为沂蒙妇女支援革命、无私奉献的典范，她也是公认的"沂蒙红嫂"的原型之一，她用无私无畏支援革命的义举赢得了世人的敬重和爱戴。

3. "动参花魁" 梁怀玉

"谁第一个报名参军，俺就嫁给谁！"在参军动员大会上，一个小姑娘第一个站上台发言,她就是莒南县洙边村的梁怀玉。

洙边村是个偏僻的穷山村,梁家是沂蒙山区一个典型的贫苦农民家庭,家中房屋破旧,土地贫瘠,一家人靠做短工勉强度日。可是,自从共产党、八路军来了,梁怀玉家中发生了巨大的变化,生活也有了盼头。

八路军来到洙边村后,带领这里的村民开展抗日活动。他们组织群众进行生产劳作,劳作之余,便带领妇女、孩子学习识字,还在当地成立了专门的剧团和秧歌队。梁怀玉是十里八乡有名的俊俏姑娘,被称为"花魁娘子"。梁怀玉积极参加八路军组织的抗日活动,她不仅人长得俊俏,戏也演得好,人们常常夸赞她是洙边村的"金凤凰"。梁怀玉知道这份荣光是共产党、八路军带给她的。因此,她积极参加党的各项工作。1944年,表现积极的梁怀玉当上了识字班队长、村团支部委员。

1944年春天,动员参军工作开始了。村党支部召集会议,要求青年民兵积极报名,识字班和妇救会配合部队上门动员。由于连年动员参军,村里符合条件的青年基本都已经参军上前线了。此外,不断传回村中的牺牲烈士通知书也给动员参军工作带来了一定的困难。作为识字班队长,梁怀玉认为自己应该起到模范带头作用,但看到父亲年迈,弟弟又小,加上没有其他亲人可以动员,她十分着急。经过反复考虑,她最后决定,献出自己的爱情和婚姻。

在参军动员大会上,党支部书记讲完话之后,梁怀玉第一个表态:青年们要响应党的号召,只有消灭了敌人,解放全中国,咱穷苦人才能过上好日子。当兵就不要顾虑家,咱们民主政府组织了帮工队，帮着军属种地，俺识字班今后一定照顾好军属。当兵上前线，也不要担心找不到对象，俺识字班找对象就要找个当兵的，谁当兵谁光荣。谁第一个报名参军，俺就嫁给谁！在她的鼓动和带领下，识字班的其他女青年也在会上表了态。于是，许多青年争相报名。第一个报名参军的是村东头的刘玉明，在他的带动下，全村青年都报了名，工作进展得很顺利。

会后，老实巴交的刘玉明找到村长，憋了很久，终于开口让村长做主提亲。话虽不多，却很有分量。随后，党支部派副村长找梁怀玉谈一谈这门婚事。

说出去的话，泼出去的水。可是，真要梁怀玉嫁给刘玉明，她的思想斗争还是很激烈的。当时，刘玉明个子矮小，家里四口人，父亲双目失明，母亲患气管炎、痨病，常年不能起床，还有一个小妹妹，家里穷得叮当响，与梁怀玉实在不相配。梁怀玉的父亲说啥也不愿让她嫁到刘家。这时，梁怀玉想起了自己演的戏，戏里的她深明大义，生活中又怎能糊涂呢？做人就要表里如一，党是救命恩人，为了党的工作，个人怎么都行。她下决心嫁给刘玉明，又耐心做通了父亲的工作，很快把婚事定了下来。村里人知道后，纷纷竖起大拇指，说她说到做到，真是好样的。

农历正月十五这一天，梁怀玉亲手给刘玉明戴上大红花，和识字班的姑娘们一起扭着秧歌，唱着送郎参军的歌曲，把新战士送到驻地。全区的欢送大会在张家莲子坡召开，新兵在这里集结，全区的秧歌队在这里汇合，人们传颂着这个为"动参"

而自愿嫁给新兵的梁怀玉。她又一次成了轰动全区的模范人物。

为了让刘玉明安心在部队打仗，梁怀玉和刘玉明在区中队集训期间结了婚。结婚不久，刘玉明就随部队走了。从此，刘家的担子就落到了梁怀玉的肩上。她进了门就给公公卷煎饼，一卷就是几十年，直到公公去世。婆婆本来病情正在恶化，自从她进了门，病情渐渐好转，身体一天天硬朗起来。婆婆活到84岁，全得益于她的精心照料。地里的活有组织帮着干，场上的收、晒、打、藏，家里的推、碾、缝、补，全是她的。

国民党反动派到处抓共产党军属和干部，一家人不能在家里住。她经常领着公公、扶着婆婆、带着小姑子一起东躲西藏，流离失所，苦不堪言。敌人闯进她家，抓不到人，就在她家的屋墙上喊话。她没有被敌人的威胁吓倒。除了干好家务活，她还坚持参加革命活动。作为识字班队长，她承担着村里的支前工作，推米磨面、烙煎饼、做军鞋、送慰劳品，样样工作都跑在前面。

1947年，国民党反动派重点进攻山东，形势很紧张，支前任务繁重。她带领识字班队员秘密挖窖子、藏军粮，受到领导表扬。她的事迹还在当时的报纸上被广泛宣传。

一天夜里，他们村接到上级命令，要求紧急出动人手到王庄去抢运粮食。王庄离敌人据点很近，路上还要穿越敌占区，很危险，但她毫不犹豫地决定与识字班队员和民兵一起去运粮食。敌人的炮楼上燃着火把，敌人哨兵的身影在光焰中晃动，他们小心谨慎、不出声响，在敌人的眼皮底下疾步行走，在天亮前把粮食运了回来，交给了部队。

梁怀玉（左）、刘玉明夫妇

1949年1月，梁怀玉收到了一封来自徐州的信件，打开一看，原来是丈夫刘玉明从部队驻地发来的。梁怀玉接到信后十分激动。为了和丈夫见上一面，她只身前往徐州。可是，到了那里她才发现，部队已上了前线。而后，她又到徐州寻找，仍然没有找到。直到1950年春，她第三次到徐州，才终于找到刘玉明。但是因为工作情况，两人还是没能生活在一起。1955年，刘玉明转业到临朐县公安部门工作，直到1980年离休回乡，他和梁怀玉才真正生活在一起。梁怀玉爱党爱军，几十年如一日。梁怀玉用自身的行动诠释了对党的拥护和对人民军队的热爱，她的事迹是沂蒙人民爱党拥军的一个缩影。正是因为有无数个像梁怀玉一样的沂蒙人的支持，沂蒙地区的革命事业才取得了一个又一个伟大的胜利。

4. "沂蒙女儿"祖秀莲

抗日战争时期，沂水县院东头乡桃棵子村有位大娘，名叫祖秀莲。她曾冒着生命危险抢救、掩护身受重伤、生命垂危的八路军侦察参谋郭伍士。祖秀莲的英雄事迹，从蒙山沂水传颂到大江南北，影响了几代人，人们都尊称她为"沂蒙女儿"。

祖秀莲，1891年出生于沂南县马牧池乡杏墩子村，后与沂水县院东头乡桃棵子村张志新结婚。祖秀莲正直善良，对为民族、为人民流血战斗的共产党、八路军有着朴素而深厚的感情。1939年年初，年近50的祖秀莲参加了妇救会，她磨军粮、做军鞋，积极投身于抗日活动。

祖秀莲

抗日战争时期，山东根据地领导机关曾长期驻扎在桃棵子村一带。1941年冬天，日伪军纠集了5万余人，对沂蒙山区开展合围。八路军侦察参谋郭伍士在执行任务时，途经桃棵子村附近，与敌人遭遇，在战斗过程中，被日军子弹击中，倒下后又身中数刀。有颗子弹穿过两腮，牙都被打碎几颗，肚子被划穿，肠子露了出来。郭伍士失去了知觉。

不知过了多长时间，郭伍士才从昏迷中慢慢醒来，只觉得天旋地转，身子像躺在千万把刀尖上，嘴里和心里，就像有块烧红的铁，只想猛喝一顿水。放羊的张恒兰大爷恰好看到受伤的郭伍士，张大爷用褂子把郭伍士伤口扎住，然后扶郭伍士站了起来，让他先到桃棵子村去。张大爷打算反方向赶羊把敌人引开。

郭伍士点了点头，移动着沉重的脚步。每走一步，都得用上全身的力气，眼前一阵阵发黑。好不容易到了桃棵子村村头，心里却凉了半截，因为村里空荡荡的，一个人影也不见。就在这时，有家屋里走出一个大娘。她高高的个儿，穿着一件浅蓝褂子。她就是祖秀莲。她看见郭伍士后猛地站住了，手里的碗当啷一声掉在地上。

祖秀莲很快明白过来了。她从郭伍士的衣服断定他是一个八路军，几步跑了过去，用尽力气把郭伍士扶进了屋。祖秀莲见郭伍士眼盯着锅台上的泥壶，又指了下嘴，就知道他要喝水，便马上烧了开水，放了盐，给他喝。但郭伍士怎么也喝不进去。原来，几颗断牙让血块包着，塞满了郭伍士的嘴。祖秀莲就轻轻地把手伸进郭伍士嘴里，慢慢地把沾满血块的牙一点点地抠了出来，接着又抠出几个粘在喉咙上的血块子，再倒水给他，郭伍士终于喝上救命之水。

安顿好郭伍士之后，祖秀莲就思量着应该把伤员藏在什么地方。正在她与丈夫着急的时候，她本家的三个侄子来了。他们想趁日军没来时把祖秀莲瘫痪在床的丈夫背出去。祖秀莲让他们把郭伍士背到村后崖下的一间柴草屋子里，并千叮咛万嘱咐，一定不要把伤员丢在柴草屋子里不管，务必照顾好。第二天日军回据点了，三个青年又把郭伍士抬到了祖秀莲的家中。祖秀莲这时才发现郭伍士身上竟有七处伤口，他的嘴与脖上的伤口还流着血，肚子上的伤口还能看到肠子。因为没有治伤的药物，祖秀莲就烧开了水，放上盐，给他仔细地清洗伤口，然后进行包扎。伤口包好后，吃什么呢？这里山岭薄地，本来家家粮食就不多。她想到平时还养了只鸡，便用鸡换了半提篮小麦面，每顿饭给郭伍士做面糊糊，一口一口喂他。后来，这些面吃完了，祖秀莲又东家凑一点，西家要一点。过了几天，实在借不到了，她就晚上纺线，白天到敌人占据的集市上把线卖了，换米面给郭伍士吃。

敌人三天两头来"扫荡",村里的人不是钻山沟就是进地洞。郭伍士浑身是伤,有时昏迷不醒,有时控制不住乱喊乱叫。这可把祖秀莲愁坏了,把他藏到哪里好呢?后来她和人商量决定,把郭伍士藏在村西一块大卧牛石下的一个洞里。祖秀莲事先把洞收拾好,铺些草,敌人一来,就找人把郭伍士背到这里,再叫人在外面把洞口用石块垒起来。这年秋热,洞中既潮湿又闷热,还缺医少药,不几天,郭伍士的伤口就都感染化了脓,身体不能动弹,发着高烧,处于半昏迷状态,后来伤口里还长了蛆。郭伍士又一次到了死亡的边缘。

祖秀莲采了芸豆叶一点一点地挤了菜汁往伤口上滴,把蛆给引出来。她还天天给郭伍士擦洗,一次又一次地给他包扎伤口,想尽一切办法来照顾他。经过祖秀莲的精心护理,郭伍士的身体一天天好转。一天,祖秀莲听村干部说八路军后方医院转移到山后中峪村一带,便连夜为郭伍士收拾好行李,村干部挑了几个可靠的青年,抬上郭伍士,趁着天黑,翻山越岭,终于找到了八路军的后方医院。郭伍士恢复健康后,便准备回部队。临走前,他来同祖秀莲告别,祖秀莲叮嘱他,不管走到哪儿,一定捎个信儿来。郭伍士含着眼泪跪下,说她就是自己的亲娘,今后无论走到哪里,都不会忘了这个"娘"。

郭伍士是山西人,抗战后参加八路军,随东进队伍来到山东。1947年,郭伍士由于身体问题需要转业,他特意申请到沂蒙地区工作。不久,郭伍士被安排到沂南县。1958年,经上级同意,郭伍士自沂南县城迁入桃棵子村,与祖秀莲同住一村,以母子相称。在以后的日子里,郭伍士对祖秀莲像亲娘一样伺候，每月都从补助金里拿出一部分给祖秀莲。上级供应给他的花生油，也都被他送到祖秀莲家，他还不断买好吃的孝敬老人。郭伍士后来生育三男一女，祖秀莲帮着他拉扯孩子，这些孩子一直叫她奶奶。

后来，著名作家知侠采访了他们，并且以此为线索创作了《沂蒙山的故事》一书。

5."永远的新娘"李凤兰

1946年10月19日，蒙阴县小东关村的王玉德家举行了一场没有新郎的婚礼。新娘子头戴红巾，和嫂子怀抱的一只大公鸡拜了堂。这个与大公鸡拜堂的新娘叫李凤兰。

李凤兰之所以与嫂子怀抱的大公鸡拜堂，是因为她的新郎王玉德报名参军去了前线。原来，一年前父母给李凤兰定了亲，并约定来年完婚。到了第二年，蒋介石挑起内战，大肆进攻我解放区。王玉德带头报名参军。李凤兰得到消息后，带着给未婚夫做的新布鞋急急忙忙往婆家赶，她想让未婚夫穿着自己做的鞋上战场。当她到了婆家，王玉德已匆匆随部队奔赴前线了，心里的愿望没有实现，一股酸楚涌上心头，但李凤兰相信总有一天会看见自己的夫婿，让他穿上自己亲手做的新鞋子。

眼看婚期越来越近，可是一直没有王玉德的音信。李凤兰的爹妈劝女儿推迟婚期，但李凤兰一心想尽快照顾年迈多病的婆婆，好让王玉德安心杀敌。李凤兰说服了爹妈，按当地的风俗，在喜日那天按时嫁到婆家，与嫂子怀抱的大公鸡拜了堂。

此时，战事迫近。部队不断地进驻小东关村，李凤兰婆家也住进了不少战士。李凤兰安排战士住宿，劈柴烧水做饭，组织妇女做军鞋、做军衣，积极拥军支前。一次，很长时间没回娘家的李凤兰回去看爹妈。就在回去第三天，婆家派来了人，火急火燎地告知她王玉德回来了，赶快回去见个面。王玉德随部队急行军路过县城，抽空得以回家探亲。自订婚到结婚，算来两年多了，但李凤兰还不知道丈夫啥模样。她多么想和丈夫见上一面，说句悄悄话呀！李凤兰使出了全身的力气，从山里的羊肠小道往家跑。她回想着自己临走的时候被子是否叠得整齐？屋里的嫁妆这两天是否落下灰尘？她有好多话想对丈夫说。她想对丈夫诉说自己的委屈、抱怨和独守空房的孤单。她想问丈夫：吃饭没有？是喜欢吃辣还是吃咸？是长住，还是有了归期？山间崎岖不平，李凤兰一路上摔倒了多次，腿伤了，手破了，肩上背的小包袱也划了个窟窿。

然而当她跑完八里路，怀着喜悦的心情推开家门时，王玉德已归队出发了。婆婆颤抖着嘴唇说，可苦了她这儿媳妇了。李凤兰嘴上说理解，泪珠却打双颊流下来。她抹了把泪，带上那双给丈夫做好两年多的鞋子，一口气追了十几里。然而，王玉德和部队早走远了，只有溅起的征尘在寒气中弥漫着。李凤兰见丈夫的愿望再次落了空，她呆呆地站在路口，痴痴遥望远方。李凤兰心里不停地怪罪自己，要不是小脚就好了。但李凤兰是坚强的，一回到家，她便把悲伤压在心底，把思念化作力量，一如既往地孝敬婆婆，忙活支前。后来，莱芜战役打响了，战斗险恶，军情火急。李凤兰多个日夜没有合眼，一边组织妇女支前，一边把自家的粮食加工成面食，送给前线。

　　树叶绿了又黄，黄了又绿，转眼几个年头过去了。为了支前烙了多少煎饼、油饼，做了多少军衣军鞋，李凤兰自己也记不清了。李凤兰已由一个普通的农家妇女变成了妇女干部、县人大代表。她不停地工作，朝夕等待，日夜期盼，期盼王玉德突然到来，期盼那个激动时刻。李凤兰和婆婆天天想，夜夜盼，盼着喜鹊登枝报喜。但是，王玉德没有回来，也没有音信。有时，她焦急地担心：王玉德是不是牺牲了？更多的时候，她自我安慰：丈夫没有死，丈夫会回来的……李凤兰的心灰了又亮，冷了又热，她没有放弃那最后的一线希冀。

　　1958 年 7 月，李凤兰终于得到丈夫的消息。既不是丈夫的亲笔书信，也不是丈夫荣归故乡。民政干部带来了一张鲜红的烈士证书。王玉德早在莱芜战役中就英勇牺牲了。可怜李凤兰，整整期盼了十四度春秋，期盼着见见丈夫是啥模样，而今这期盼永远无法实现了。李凤兰的心碎了，她扑倒在床上，痛苦地抽泣，痉挛阵阵。

　　县里给王玉德举行了隆重的葬礼。送葬的时候，撕心裂肺的痛苦使李凤兰的身子重重地倒在了装着丈夫军大衣的棺材旁……李凤兰倒在床上，三天三夜，不吃不喝。

　　后来，有人劝她改嫁，去重建一个幸福的家庭。然而，她没有走，看到婆婆白发人送黑发人，她不忍心离去，不能和丈夫相濡以沫，那就同婆婆相依为命！她对劝她的姐妹说，王玉德同千千万万的烈士一起，用自己的生命换来了革命的胜利，换来了祖国的解放。他们为祖国捐躯了，他们的家不应该消失，她要为丈夫守好这个家。李凤兰决定留在夫家，她强忍痛苦，对婆婆笑言宽慰，百般孝顺。婆婆去世前颤抖着握着凤兰的手，她心里感激凤兰的孝顺与大义，眼泪含在眼里却什么话也说不出来……李凤兰在乡亲们的帮助下，安葬了婆婆。

几年后，李凤兰抱养了一个女儿。又过了十年，她抱养了一个儿子。她说，儿女双全，王玉德也该知足了。在给一双儿女取名字时，她不忘丈夫留给她信里的话——"胜利了，俺和你再拜堂，战死了，那是光荣的事"，于是李凤兰给女儿取的名字叫"胜利"，她给儿子取的名字叫"光荣"。

经过血泪的洗礼，李凤兰变得更加坚韧。她积极参与东关村里的各项工作，派工出勤，销售征购，卫生防疫，处理纠纷，动员参军。到处留下了她不倦的身影。她热情大方，处事公道，德高望重，深受乡亲们爱戴。

李凤兰信守一种崇高的革命伦理，持有沂蒙女性的美好品德，展示了"沂蒙红嫂"的高尚情操。党和政府没有忘记她，先后给予了她各种模范称号，她连续当选县人大代表，被认定为"山东红嫂"。山东省原省长张瑞凤同志来蒙阴视察时，登门拜访了这位"山东红嫂"。李凤兰凄美的爱情故事，正是普天下穷苦人民与共产党和人民军队心心相连、情情相系的真情表现。正是有了广大人民群众的无私奉献，才有了革命战争的胜利，才有我们美好幸福的今天！

四

生死与共

革命战争年代，在沂蒙这片红色的热土上，共产党领导人民群众先后同日本侵略者、国民党反动派进行了不屈不挠的顽强斗争。在对敌斗争中，他们生死相依、不离不弃，书写了令人荡气回肠的壮丽赞歌。沂蒙广大军民同仇敌忾，与疯狂来犯之敌展开一次又一次生死较量，十几万烈士血洒蒙山沂水。他们的热血滋润着沂蒙大地，唤醒了广大人民群众，展现了沂蒙军民不畏强暴、不怕牺牲、勇于战斗的革命气概，展现了沂蒙军民的凛凛正气、赫赫威风，体现出沂蒙军民崇高的思想境界、勇于担当的英雄气魄、大义忠诚的优秀品质。

（一）浴血奋战

在艰苦的岁月里，沂蒙根据地军民不屈不挠，与日伪顽敌进行了殊死斗争，齐心协力抗击敌人的侵略和暴行。在军民的共同抗争中，沂蒙党政军民筑起一道打不垮、摧不毁的铜墙铁壁。在血与火的战场上，沂蒙军民练就了铮铮风骨，那一座座昂然屹立的褐色山崮，构成沂蒙巍峨的脊梁。红色沂蒙遍地英雄。一幕幕惊心动魄的场面、一次次同仇敌忾的搏斗，蕴含着坚忍不拔的民族精神，表现出气壮山河的英雄气概。

1. 孟良崮战役

孟良崮战役，是 1947 年 5 月华东野战军和国民党军队在蒙阴县孟良崮地区进行的一次大规模的山地运动战，是扭转华东地区战局的一场关键战役。在敌我力量悬殊的背景下，我军歼灭了国民党军五大主力之一整编七十四师，粉碎了国民党军队对山东的重点进攻。

1946 年 6 月，蒋介石召集军队进攻中原解放区，全面内战爆发。经过几个月的艰苦战斗，人民解放军歼敌 71 万人，彻底粉碎了国民党军队的全面进攻。1947 年 3 月，蒋介石改变战略方针，召集兵力，重点攻击陕北、山东解放区。其中，国民党军召集 24 个整编师、60 个旅，约 45 万兵力进攻山东解放区，妄想一举消灭华东野战军，并试图消除华东野战军对上海和南京的威胁。蒋介石将国民党军队五大主力中的三大主力配置在山东战场，并以他们为骨干组建了 3 个机动团，负责主要突击任务。4 月上旬，国民党军队部分兵力打通津浦铁路徐州至济南段和临沂至兖州段公路。占领鲁南解放区后，3 个团分别从临沂、泰安、泗水向鲁中山区发动全线进攻，试图找到华东野战军主力并进行决战，欲一举歼灭华东野战军。

华东野战军在山东有 9 个步兵纵队和 1 个特种兵纵队，约 27 万人，与国民党军兵力悬殊。华东野战军处于内线防御，敌军处于外线，并采用大军密集、多路推进的方式。在形成重点进攻的严峻形势面前，华东野战军首长决定仍采用集中优势兵力、各个歼灭敌人的作战方针。从3月下旬至5月上旬，华东野战军主动出击，与敌人多次接触，进行作战。但国民党军队吸取过去的教训，调整长驱直入、分进合击等战法，采用密集平推、稳扎稳打的新战法，提高兵力密度。因此，华东野战军的歼敌计划未能实现。

1947年5月，中央军委先后发电报，对华东野战军的作战提出了重要指导意见，肯定了华东野战军持重待机的作战方针，并指示华东野战军进一步向东北方向撤退，诱敌深入，掌握最大兵力，以极大耐心寻找和创造战机，相机歼敌。

华东野战军领导人决定将华东野战军主力撤到莱芜、新泰、蒙阴以东地区，使敌人大胆前进。第一、第七纵队停止南下，南下的第六纵队继续潜伏鲁南，准备与主力配合作战。华东野战军主力东移后迷惑了敌人，使蒋介石、陈诚做出错误判断，他们误以为华东野战军"攻势疲惫"，有可能继续向东北方向撤退。于是，为了实现在鲁中山区与华东野战军主力决战的目的，命令各部兼程前进，跟踪追剿。这样可以使敌人放松警惕，使敌军贸然前进。恰巧南线第一兵团司令改变了之前稳健的打法，不等第二、第三兵团统一行动即命令其先头部队攻击华东野战军，这为华东野战军分割歼灭敌人创造了条件。

1947年5月11日，华东野战军稍向东移后，第一兵团即向北进攻蒙阴、沂水，王敬久兵团和欧震兵团也从莱芜、新泰向东进攻。5月11日，华东野战军司令部获悉敌军的行动计划和作战部署，粟裕据此对敌人的情况做出了正确判断：敌人已决定向华东野战军发起全线进攻，其部署显然以七十四师为主要突击力量，在强大的两翼和后续兵团的掩护下，对我军实施中央突破，矛头直指华东野战军指挥机关所在地。根据敌人的行动企图和进攻态势，粟裕决定放弃歼灭右翼敌人的计划，在中路进攻劲敌七十四师。华东野战军可以用反突破来对付敌人的突破，也就是说，在附近集结一些强大的纵队，用"猛虎掏心"的战术从敌人的缝隙深入战场，把七十四师和邻近部队分开，将之迅速歼灭。

孟良崮战役中，粟裕（左二）视察炮兵阵地

5月13日晚，华东野战军开始向七十四师发起进攻。第四和第九纵队在正面击退敌人的猛烈进攻后，又占领了几个阵地；第一和第八纵队通过隐蔽机动和英勇战斗，切断了七十四师的左翼和右翼；在鲁南待命的第六纵队，北上推进，及时切断了七十四师的撤退路线。15日凌晨，华东野战军已将七十四师包围在孟良崮及其北面狭窄山区。由于兵力上敌强我弱，战斗非常惨烈。七十四师占据孟良崮、芦崮等山头，每一个阵地，每一个山头都要经过反复战斗才能得到。除了炮火，更激烈的是短兵相接，肉搏声震撼山谷，血流成河，到处都是尸体和伤员。

在战斗最紧张的时刻，陈毅司令员对负责主攻的第九纵队司令员许世友说，聚歼整编第七十四师，成败在此一举。许世友命令所有机关人员和预备队全部投入战斗。叶飞领导的第一纵队既要负责在宽阔的阵地上抗击国民党军两个整编师的增援，又要负责截断整编七十四师的退路，两面作战，兵力严重不足，打得十分吃力。这时陈毅司令员又来电话，要他们协同兄弟部队把七十四师这个轴心敲掉。叶飞立即从阻击部队中抽兵，集中力量攻打孟良崮主峰，又随即命令第一师师长廖政国率领临时从地方升级的一个团和另外两个团来阻击国民党军两个整编师的增援。主力被抽走后，兵力更加不足。一旦阵地失守，华东野战军主攻部队就会被国民党军增援大军"包了饺子"。国民党军增援部队在蒋介石的严令下，以"人海战术""羊群战术"，向华东野战军第一师发起空前规模的进攻。国民党军在几十架飞机的掩护下，集中火炮向华东野战军阵地轰击，炮弹、炸弹铺天盖地而来，弹片、碎石漫天飞舞。由于来不及构筑工事，解放军指战员在无遮无掩的光石山上，以血肉之躯抗击着国民党军一次比一次猛烈的反扑，第一师阵地被浓烟烈火笼罩。最后，只剩下师长廖政国和几个警卫员、卫生员，他们也都冲上火线。解放军高喊着战斗口号，向国民党军发起猛攻。

经过数日血战，在方圆几十公里内，遗尸盈野，山石赤红，沟渠崖根积尸达六七层。战斗刚结束，即下倾盆大雨，山间流水皆成红浆。气焰嚣张的国民党军七十四师师长张灵甫也在此役中被击毙。据统计，整个孟良崮战役中，主峰毙敌万余人，共计歼敌 3.8 万余人。为了这场来之不易的胜利，华东野战军 2043 名战士英勇牺牲，平均年龄仅 23 岁。

孟良崮战役后，新华社时评指出，这是一个伟大的胜利。孟良崮战役具有重大意义。整编七十四师作为国民党军五大主力之首，内战以来一直是华东战场国民党军骨干，在各大战役中攻无不克。在全面内战爆发不到一年的时间里，国民党军队仍处于进攻性地位，在华东国军总兵力仍处于绝对优势的情况下，整编七十四师战败覆灭，这一结果尤其令人震惊。七十四师全军覆没，给国民党军造成了沉重打击。蒋介石闻言吐血，痛哭流涕，哀叹这是内战以来最可痛心的一件事，是无法弥补的损失。

国民党山东省政府主席王耀武表示，对七十四师之失，有如丧父之痛。孟良崮战役结束后，围攻山东的国民党军部队全线溃退，国民党反动派对山东的重点进攻被彻底挫败。

孟良崮战役是一场独具特色的速决歼灭战。华东野战军在党中央的直接指挥下，认真贯彻集中优势兵力，各个歼灭敌人的正确方针。华东野战军领导人以卓越的指挥才能，于百万军中取上将首级，采取围点打援、虎口拔牙、龙腹掏心等战术。

孟良崮战役的胜利是我军战役指挥艺术的重大发展。孟良崮战役是场以弱胜强的关键战役，打破了国民党军对山东解放区重点进攻，对扭转华东战局、实现由战略防御转入战略反攻起了重要作用，是解放军敢打硬仗、敢打恶仗的模范战例。

2. 大青山突围战

1941 年 11 月，日军集结重兵，调集 5 万余人，对沂蒙山区实施"铁壁合围"。为了打破敌人的图谋，在中共山东分局和第一一五师的领导下，沂蒙抗日根据地军民进行了英勇的反"扫荡"斗争，与凶恶的侵略者进行了生死较量。

当时，战斗在沂蒙山区抗战队伍中，有一支特殊的部队，这就是抗大一分校。11 月 30 日晨，抗大一分校驻地大青山的东北山口，突然响起急促的枪声，随之侦察员来向校领导报告，经界湖、坦埠、桃墟向岱崮方向围击我军的三路敌人正奔袭过来。分校校长周纯全面对突发状况，果断进行处置。他急令全校紧急集合，迅速抢占大青山有利地形。随后立即向山东纵队和第一一五师发报：大青山周围出现大批敌兵，我部被包围，正组织突围。

大青山位于蒙阴、沂南、费县三县交界之处，是东蒙山的主要山峰之一，因山上树茂草丰、四季长青，故得此名。抗战爆发后，共产党带领人民军队开辟了沂蒙革命根据地，大青山地区就成为根据地的中心，这里驻扎着根据地的党政军机关。

抗大一分校的教官与学员们向指定位置行动时，发现日军已经抢占了大青山的一号高地，并向我前哨连发起攻击。担负分校警卫重任的第五大队，立即向二、三号高地疾驰而去。此时日军也企图占据二号高地，我军同日军展开激烈的阵地争夺战，战况非常激烈，阵地失而复得，又得而复失。然而，就在这关键时刻，中共山东分局、省战工会、第一一五师机关、省群团组织等几千人向抗大一分校驻地涌来。狭窄的山洼里，忽然进来数千名非武装人员，周纯全大吃一惊，到底发生了什么事情？

　　事情是这样的，部分日伪军追赶第一一五师师部、中共山东分局机关，尾追到沂南县孙祖以北的绿云山，进而占领该区域。绿云山系沂蒙山区的中心，不把这部分敌人消灭掉，对根据地将形成严重威胁。罗荣桓等人决定，趁敌人立足未稳，组织师特务营、山东纵队第二旅四团三营及沂（南）临（沂）边联县独立营立即消灭这股敌人。为了集中精力作战，并根据大青山地区白天的状况（没有发现敌情），罗荣桓等首长商定，山东分局、省战工会、第一一五师、省群团组织等单位人员约2000人，由战工会副主任陈明率领，入夜向大青山进发。

　　整个战场骤然加快了节奏，四面八方的枪炮声越来越密。满山遍野的非战斗人员被敌人的炮火包围。面对一时变故，环顾四周，周纯全冷静思考，现有部队中具有作战能力的只有抗大一分校第五大队与山东分局警卫连，共有几百人，敌我双方实力悬殊。为了确保绝大多数人的安全，周纯全当机立断：由第五大队的第二、第三队，抢占大青山李行沟南北高地等有利地形，打破敌人合围的图谋；由训练部副部长阎捷三率领警

111

卫连，负责向西蒙山方向打开突破口，杀出一条血路，保障全体人员突围出去。

接到命令后，阎捷三带领警卫连，以最快的速度冲过河谷开阔地。接近山坡时，他命令警卫连迅速变成梯次队形，向敌人发起猛烈攻击。向西蒙山突围的人群在急速行进，警卫连冒着枪林弹雨，猛打猛冲。一分校参谋在西蒙山脚拦截带枪的战友，组成临时战斗小组，依托有利地形，阻击追击的敌人。

当突围的队伍驰奔到通往西蒙山隘口时，这里已经被敌军占领，扼守咽喉要道的敌人居高临下，把子弹射向突围的人群。前有强敌，后有追兵，突围人群除了前进别无他选，只有冲出去，才能赢得生机。狭路相逢勇者胜！

就在突围人员准备与敌人玩命血拼的时候，奇迹突然出现了，敌人守军看到汹涌澎湃、勇猛冲击而来的人潮，误认为是三号高地上血战半日的英雄们下山，竟被这场面吓呆了，便快速撤离阵地，向着西南方向溃逃而去。阎捷三立即率领警卫连占领有利地形，向两翼敌人发起攻击，掩护大部队通过西蒙山隘口。

但是，由于突围单位庞杂，建制全被打乱了，非武装人员占大多数，经由一条狭窄的山沟突围出去是需要很长时间的，而敌人不断地向这里突进，全力压缩。在这种情况下，担负阻击的部队必须死死顶住来犯之敌，突围才能赢得成功。校长周纯全、训练部部长袁也烈指挥有限的兵力，勇敢顽强而又灵活巧妙地利用地形打击敌人，阻挡他们向我方突围人群攻击。

就这样，战斗从上午一直打到太阳偏西，战士们子弹所剩无几，伤亡不断，减员严重。周纯全从望远镜中看到仍有几百人没有突出包围圈，便果断命令，还要挡一会儿，没弹药了，就是用刺刀、石块，也要把敌人的冲锋打下去，保证突围人员全突出去。傍晚时分，我突围人员终于经紫荆关以南，登上了西蒙山。

血战后，我军政人员、学员的尸体满山遍野，惨不忍睹。主战场李行沟牺牲有600多人，梧桐沟牺牲了200多人，其他各处的阻击阵地也牺牲了近200人。山东省战工会副主任等人也在战斗中牺牲。

这就是闻名于世的大青山突围战。

为了纪念大青山突围战中的死难烈士，费东县民主政府在东梭庄建立了大青山革命烈士陵园。1997年，中共临沂市委、临沂市人民政府和中共费县县委、费县人民政府在大青山的西北、公路东侧的李行沟建立了大青山胜利突围纪念碑，并建碑亭一座，正面镌刻着中央军委前副主席迟浩田将军的题词，碑文记载着大青山突围战斗的经过，以供后人瞻仰和凭吊。

大青山突围纪念馆内的主题雕塑

3. 解放临沂城战役

临沂北靠蒙山，东傍沂河，交通便利，是陇海路以北的军事重镇，也是滨海、鲁中、鲁南三大战略区的枢纽，战略地位十分重要。1945 年，日本宣布无条件投降后，驻临沂城的日军仓皇逃往枣庄。驻扎在城内的伪临沂第八保安大队徐兰笙部和伪费县保安大队邵子厚部，将伪沂州道皇协军王洪九部一部秘密接入城内，他们认为临沂城固若金汤，妄图凭借坚固的防御工事及日军留下的大批武器、弹药、粮食，负隅顽抗。因此山东军区决定狠狠打击这些拒不投降的伪军，一举解放临沂城。

在日本宣布投降前的 7 月底，中共山东分局、八路军山东军区，就已经开始着手解放临沂城的准备工作。对此，罗荣桓亲自做出部署，向大家讲明了解放临沂城的重要战略意义，同时组建了解放临沂前线指挥部，并决定调用 3 个主力团和 1 个地方独立团参战。遵照罗荣桓的指示，解放临沂前线指挥部迅速制定了进攻方案，参战各部队立即投入战前的准备工作。由驻庄坞、涌泉的临沂县委、县政府负责组织支前民工队和担架队，指挥部同时部署鲁中军区主力第四团围歼临沂城北王洪九部据点，扫清八路军南进道路，滨海第二军分区部队围歼临沂城东各据点，鲁南第一军分区及山东军区教导团，阻击西面增援临沂城的王洪九部。为了保证万无一失，山东军区发出指令，日军主力撤走后，参与解放临沂城的 3 个军分区部队无须等待上级指示，要趁势立即抢占临沂城。

临沂城有两层城墙，城墙上设有对内对外的枪眼，构成了三层火力网，常年灌满水的护城河宽两丈，易守难攻。解放临沂城意味着会有数次艰难而惨烈的战斗。1945 年 8 月 17 日，我军发起进攻，占领四关。20 日、22 日，我军又先后发起强攻，但是采用外墙爆破和架梯登城等进攻方式均不能奏效，由于敌人火力封锁猛烈，强攻艰难，伤亡较大，前线指挥部命令部队暂时返回阵地修整。

此后，针对伪军惊恐动摇的心理，前线指挥部展开了强大的政治攻势，昼夜向敌人喊话，动之以情，晓之以理，劝告他们认清形势，及早回头。为了更好地配合政治攻势，指挥部还通过放广播、奏乐、吹箫、唱歌、拉标语、投射传单等方式劝降，一些为求生路、不甘与民为敌的伪军趁机逃到我军阵地，配合军事进攻的心理攻势取得了良好效果。这就是广为传颂的"十九昼夜舌战"。

解放临沂战役中，攻城部队前线指挥所

由于前期对城内庞大而坚固的防御工事认识不够全面，根据进攻形势的需要和临沂城易守难攻的特点，在开展政治攻势的同时，我军在城西北角秘密挖掘地道的作业也在紧张地进行着，以便进行大面积爆破，从一个点突破坚固的防御工事。经过昼夜不懈挖掘，一条300多米长的坑道迅速挖成，工兵连夜向坑道运送了近2000公斤炸药，安装上电力导火索，炸药堆的外层又堆满厚厚的沙袋和草包，并打上几十根木桩。一切准备就绪后，按照预定计划，9月10日清晨实施爆破，西北方向的城墙被炸开了一个大豁口。此后，自晨至午，我军连续两次向突破口发起进攻，但终因敌人正面的顽抗和左右两翼火力的封锁，未取得预期进展。9月11日凌晨，我军再次发起总攻，西北突破口为主攻目标，东南两面佯攻配合。总攻过程中，我突击部队冲上城墙，慢慢向敌逼近。爆破战士把一个炸药包塞进敌人工事，敌人的火力被炸哑，我军趁机占领了突破口阵地，敌人连续组织的多次反攻，都被我军击溃。战斗开始向两翼扩展，敌人沿城墙的掩体和火力点都被我军摧毁。紧接着，我军向城内挺进，与敌人展开激烈的巷战，遭到沉重打击后，敌人纷纷缴械投降。

经过20余天的激战后，1945年9月11日黎明，古城临沂宣告解放，被日伪军占领了多年的临沂城终于回到了人民的怀抱。解放临沂城战役中，除王洪九率少数敌人逃窜外，驻城伪军大部被歼，生俘伪临沂县长韩文龙、临沂保安第八大队长徐兰笙、费县县长韩金声、费县保安大队长邵子厚，以及王洪九部参谋陈维章等2000余人。解放临沂城战役胜利后，中央军委特发来嘉奖电。9月13日，攻城部队举行了盛大的入城仪式，14日，罗荣桓、黎玉、萧华等给攻城部队发嘉奖和慰勉电文。

至此，山东抗日根据地的鲁中、鲁南、滨海三区连成一片。解放临沂城之后，山东分局、山东省政府、山东军区和华中局等一大批党政机关陆续移驻于此，大量的重要指示决策从这里发出，临沂城成为我党我军在山东解放区和华东解放区的指挥中心。解放临沂城的隆隆炮声早已远去，今天的临沂经济腾飞、政治安定、社会和谐、人民安居乐业，焕发出前所未有的生机和活力，我党我军为此做出的巨大贡献和牺牲值得永远铭记。

4. 留田突围

1941年11月，侵华日军调动日伪军5万余人，向沂蒙山区突然发动多路、多梯队的"铁壁合围"。这是抗日战争时期日军在山东抗日根据地发动的规模最大的一次"扫荡"。

11月5日凌晨，日伪军3万余人从临沂、费县、平邑、蒙阴、沂水、莒县等地出动，配有7架飞机、数十门大炮、10辆坦克，分多路向中共山东分局、第一一五师师部等领导机关驻地留田村合围。

留田村位于沂南县驻地西南，东南是沂河，村北有小岭。此时，山东分局和第一一五师师部等机关共3000余人，完全处在日军的所谓"铁桶包围阵"中，而作战部队仅有第一一五师的一个特务营和山东分局的一个特务连。

5日下午，在留田附近的钮家沟村的一间草房里，罗荣桓主持召开紧急军事会议。中共山东分局书记朱瑞、第一一五师参谋长陈士渠、政治部主任萧华、代师长陈光，以及司令部、政治部等部门的负责同志，还有师特务营的营长、教导员，参加了会议。大家围着地图，研究突围方案。有的提议向东突围，返回滨海根据地；有的提议分散突围，以保存实力。罗荣桓在听取了大家的意见后，严肃而又平和地说，现在不能只考虑如何突围、保存自己，而应该考虑怎样才能既保存自己，又粉碎敌人的"扫荡"，保存自己的根据地。说到这里，他伸手往南一指，果断地说，他的意见是，应该向南突围。大家感到意外，都露出了惊异的神情。向南，向敌人的心脏临沂挺进，罗荣桓重复道。接着他对敌情做了具体分析和判断。东面的沂河、沭河和台潍公路，均被敌人封锁，如东去滨海区，正好钻进敌人布下的口袋。北面，敌人正疯狂地向南压来，顽军又与山东纵队对峙着，北上定受日、顽的夹击。西面有津浦铁路，敌人碉堡、据点林立，戒备森严，不易通过。但敌人正集中兵力向我中心区合围，后方必定空虚，这就为我们闪出突围的空隙。趁机插到他们的大本营临沂，就能变被动为主动。牵着敌人的鼻子，就能彻底粉碎他们的"扫荡"。大家一致同意罗荣桓的意见。罗荣桓把特务营营长陈士发等叫来，向他们指出了日军的封锁线和八路军的突围路线。先从留田经张庄，穿高里，折转西南。然后越过临蒙公路，直插蒙山东南麓的汪沟、诸满附近。交代了任务，又给特务营做了具体分工：营长和教导员带领一、二连为前卫；副教导员带四连居中护卫机关；副营长率三连为后卫，掩护部队突围和收容掉队人员。罗荣桓要求部队一律枪上刺刀，压满子弹，随时准备战斗。最后，他又宣布行动纪律，不得自由行动，没有突出合围圈前，不许说话，不许咳嗽，不许发出任何声响。

夜幕渐渐垂落下来。敌人在留田附近的山头上点起了火堆。刺耳的马蹄声、嗥叫声，阵阵传来。狂妄嚣张的敌人，满以为他们的"铁壁合围"成功了，只等天亮以后就向我军发起总攻。

这天晚上月亮正圆，但是雾气弥漫。雾气与月光融合在一起，使整个山野变得迷茫，恰似为掩护我军施放的烟幕。机关人员和特务营的战士们，集结在河滩上，静静地等待着出发的命令。在这紧张严肃的氛围中，罗荣桓的身影突然出现在朦胧的月光下。他率领作战科、侦察科的同志，从部队前面走过，先头出发了。罗荣桓迈着坚定的步子，大家紧跟在他的身后，一个紧跟一个，几千人的队伍静悄悄地向南插去，直奔敌人第一道封锁线。在敌人密集的封锁线上，罗荣桓选择了东西不过一公里的间隙，命令部队快速通过。特务营的战士们，提着步枪在前面开路，师部和分局机关人员紧紧跟在后面，不到一个小时，全部顺利地通过了敌人第一道封锁线。

过了张庄，部队又继续向南急进。下半夜将要接近高里时，到了敌人第二道封锁线。罗荣桓根据侦察员的报告，及时判断敌情，引导部队顺利地突出了重围。这天晚上几次险些与敌人相遇。

过了高里，果然如罗荣桓所料，敌人后方空虚。罗荣桓命令部队折而向西，在一个叫埠山庄的村子里宿营。这个村庄距离临沂城只有50多里，紧靠敌人控制的公路。这是天已经渐渐亮了，在村边的一个土岭上，不用望远镜就可以看到敌人的后续部队和辎重队正从这条路上络绎不绝地往北行进。就在敌人身旁的这个村子里，罗荣桓放出警戒以后，督促大家抓紧时间睡觉。一夜奔跑劳累的战士们，躺在软软的草铺上，听着远处隆隆的炮声，好像是催人入梦的催眠曲。部队在这里隐蔽了一天，晚上继续往西转移，经过诸满到达费县东北的黄埠前。这里地处临费和临蒙两条公路之间，是敌人两路"扫荡"部队的结合部，四面敌情严重，好在山东分局第和第一一五师师部在这一带很安全地住了五六天。

国际友人汉斯·希伯随第一一五师从留田突围，他目睹了我军不费一枪一弹，无一伤亡地突破了敌人的重重包围，心情非常激动。他马上写了一篇战地通讯，称赞留田突围的指挥是神奇的。留田突围也是罗荣桓高超军事指挥艺术的生动体现。

5. 葛庄伏击战

沂蒙山区山多路崎，很适合打伏击战，在革命战争年代，沂蒙山区里发生了多次以少胜多、以弱胜强的伏击战，葛庄伏击战便是其中较为典型的一个。

葛庄位于临沂市沂水县城西北方向的沂博公路上。这是通往东里、南麻等地的必经之路。葛庄三面环山，一面濒临沂河，它的中间是一片东西狭长的洼地，这种地形非常适合打伏击战。

1944 年 9 月，日军五十九师团草野青大队纠集伪军"扫荡"滨海区后，由莒县向沂水进犯，企图向鲁中根据地再次发起猛烈的"扫荡"。鲁中军区司令员王建安获悉日伪军的这些阴谋后，果断决定以沂水的葛庄为中心对日伪军组织开展伏击战。当时，鲁中军区决定由军分区一团、十二团和军区直属团承担此次的伏击任务，并由三分区司令员孙继光、副政委李耀文、参谋处处长张耀辉组成此次伏击战的指挥部。二团在乔山隐蔽进行兵力部署，十二团在北面担任侧击任务，一团则在东面的跋山一带对日伪军进行堵截。

敌人从沂水城出发，他们沿沂博公路大摇大摆地北进。当日伪军全部进入我军的伏击圈之后，一颗红色的信号弹升入天空，我军从东面、北面和西面三个方向同时向敌人进行开火。霎时间，手榴弹的爆炸声、机枪声、步枪声都混成一体，响成一片，敌人则被吓得到处逃窜。过了一会儿，草野青惊魂稍定，便开始设法组织部队反扑。他命令两个中队和大部伪军，在公路的北侧与我军十二团进行决战。其中，一个中队占领葛庄一座庙，而另一个中队则向东进攻，企图向镢头岭挺近，试图抢占有利地形。而此时埋伏在那里的一团二连当仁不让，以迅雷不及掩耳之势迅速逼近镢头岭，在南阳河滩上与日伪军展开了白刃战，消灭敌中队长等人，并成功地占领了有利地形镢头岭。此时的敌人并不甘心失败，又试图组织两个中队向镢头岭进行了 5 次进攻，均被我军成功地击败。待到天黑之时，敌人死伤惨重，狼狈地逃窜到葛庄水木娘娘庙。我军指挥部则重新部署兵力，在夜里不断进行袭扰，以此方式逼迫敌人向南渡沂河。9 月 3 日上午，躲在娘娘庙的残余敌人集中炮火，佯装要进攻北线，实则趁机分多路向南面的沂河方向突围。而我军各部队早就埋伏在那里等待他们的到来，我军将残敌包围在狭长河滩上。我军火力齐发，敌人纷纷倒下，有些日伪兵跳进水里，企图逃走，均被我军击毙在水中，敌人企图逃窜的路线全被堵住。

这次葛庄伏击战历时一天半的时间，除日军大队长草野青带领少量残余的敌人逃脱外，日伪军1200余人被歼灭。我军在此次伏击战中缴获了大量的武器，其中有一门日造式山炮，这是我军在鲁中战场上缴获的第一个日军重型武器。自此之后，这门山炮跟随我军南征北战，立功无数，被誉为"功劳炮"。新中国成立后，这门"功劳炮"被送到北京革命军事博物馆陈展，这不仅是历史的见证，更是荣誉的象征。

葛庄伏击战是鲁中八路军第一次在运动中几乎全部歼灭日军一个大队的战斗，也是山东八路军继梁山战役中歼灭日军一个大队后的又一个模范战例。葛庄伏击战后，沂水县北部许多日伪据点的敌人迫于八路军的声威，仓皇撤离。

（二）视死如归

中国共产党及其领导的人民军队与沂蒙人民不惧强敌，英勇斗争。面对敌人的刀枪，沂蒙军民毫不畏惧，坚贞不屈。他们怀揣着革命的理想、必胜的信心、无畏的勇气，在与敌人遭遇时，他们不屈不挠、顽强拼杀，用生命和鲜血，凝成了抗击侵略的英雄史诗，诠释了与敌人血战到底的决心，打击了敌人的嚣张气焰。在抗击敌人的过程中，沂蒙军民用行动展示了视死如归的革命大义。

1. 武善桐诱敌跳悬崖

提起"狼牙山五壮士"，可谓无人不知无人不晓，他们身上所体现出的坚贞不屈的民族气节永远激励着中华儿女奋勇向前。走进沂蒙山区，同样也会发现这里有许许多多永载史册的人民英雄。为救乡亲们，他们不惜与日本侵略者血战到底、同归于尽。武善桐就是其中一位，他的英雄故事至今还在沂蒙大地广为流传。

武善桐全家十口人，只有三亩半瘠薄山地。父亲常年为地主干活，饱尝了旧社会的苦难。1938年日军侵犯沂水后，武善桐积极参加抗日活动，加入了党领导的抗日武装。1939年夏，加入中国共产党，先后任红石崖村党支部书记、诸葛乡党支部书记、夏蔚区区委委员等职，并积极发展党员，组织各类抗日团体。1940年秋，5个抗日队员在该村被杀。他多方查证，得知告密者是自己的堂叔和堂兄后，立即上报沂北县抗日民主政府，予以处决。1940年冬，武善桐以党员为骨干，在村里成立了自卫团、农救会、妇救会等抗日群众团体。为了适应战争环境需要，武善桐带领群众在村周围的山沟里挖了很多山洞，很多八路军伤病员在这里得到了较为安全的保护和较为悉心的治疗。1941年春节前后，为了躲避日军开展的"扫荡"，沂蒙支队的一个分队从卞山进驻红石崖村。当时正值数九寒天，还有许多分队人员没有棉衣穿，冻得瑟瑟发抖。武善桐知道后，立即把自己的棉衣拿出来，并发动党员、群众为这些分队人员送棉衣。就这样，在武善桐的努力下，御寒问题很快解决了。

1942年深秋，日军又开展了新一轮大"扫荡"，他们就像红了眼的疯狼一样，张牙舞爪地向红石崖村扑去。而当时正在家里养病的武善桐得到这个情报后没有立即撤离，而是决心保护全村的父老乡亲，担起一个共产党员的责任。他第一时间查看了乡亲们的隐蔽情况，紧接着又将两个受伤的八路军战士藏在村外的山洞里。凶恶的日军进村了，他们挨家挨户地乱搜乱翻乱抢，却没有找到任何他们想要的东西，最后只好没趣地撤走了。村民以为灾难过去了。可是谁知道，第二天天还没有大亮，狡诈的日军又杀了个回马枪，又一次疯狂地杀进红石崖。他们不仅在村里折腾村民，还漫山遍野地搜查八路军的存身迹象。日军把武善桐和全村村民包围在一条山沟里，他们在四周架起了机关枪，对着武善桐和村民们。

日军通过汉奸一遍遍追问八路军的去向。凶残的日军用枪托和皮带将武善桐打得遍体鳞伤，逼他交出掩藏的八路军伤病员。尽管武善桐满脸是血，疼痛难忍，但是他咬紧牙关，只字不提。而此时被包围的乡亲们坚定地选择和武善桐肩并肩，谁都不开口说话。

这群凶残的日军发现无计可施了，便将恶毒的手伸向群众。其中的一个日军指挥官不知道说了什么，他恶狠狠地叫了几声，机枪手便趴在地上瞄准村民，准备向他们射击。眼看一场惨无人道的、血腥的大屠杀就要发生，这时，武善桐突然断喝一声

"住手"。只见他突然向前跨了一步，用自己的身体挡住了机枪口。日军被武善桐这突如其来的举动和大喊声深深震惊了，他们都齐刷刷地看着武善桐。

武善桐毫无惧色地对日军指挥官说枪是他藏的，有一大批，就在山上。随后，他转过身指着乡亲们说他们谁也不知道，只要放他们走，他就带路上山去取枪。日军指挥官通过翻译听明白了武善桐的话，半信半疑。武善桐又做出保证。听到保证，日本指挥官很得意。他们真以为这次要挖到八路军的武器库了，心里暗喜，于是便让士兵先把村民给放了。村民们了解武善桐，也知道那座山上根本没有什么武器，武善桐这是在使诈呢！大家都很担心武善桐，为他捏着一把汗。但是此时的武善桐毫无畏惧，待乡亲们走远了之后，他才带领日军向小崮子山爬去。

虽然武善桐刚才受到日军残酷的重刑，但凭着与敌人决一死战的意志和从小练就的爬山本领，他很快就把累得气喘吁吁的日军领到了小崮子山的山顶。小崮子山就像一把锥子一样直插云端，四周岩石异常陡峭，平时人们站在山顶往下看都会感到头晕目眩。累得气喘吁吁的日军问枪在哪里。武善桐的头向半山腰点了点，示意武器就藏在半山腰。两个日兵缩头缩脑地探着身子，朝着武善桐指的方向看去。说时迟那时快，武善桐猛地飞起一脚将一个日兵踢下了悬崖。紧接着，他又紧紧地抱住另外一个日兵跳了下去，同归于尽。其他日兵被吓得傻了眼，好半天才缓过神儿来，他们没命地向山谷里打枪，枪声在山谷里久久地回荡着……

就这样，英勇的武善桐为保护村民的生命舍身忘己、壮烈牺牲。武善桐的英勇事迹和伟大精神被这片土地和世世代代生活在此的人默默铭记。

2. 老寨山二十六壮士

老寨山，坐落于新泰县与泗水县交界之处。解放战争时期，26 名武工队员在这里与国民党军及还乡团血战到底，誓死不做俘虏，纵身跳崖，用鲜血与生命谱写了令山河动容的悲壮乐章。

孟良崮战役后，国民党重点进攻山东的企图破灭了。为了挽回败局，国民党又制定了山东第三期会战计划。经过充分准备之后，国民党军于 1947 年 6 月再次向鲁中解放区发起大规模进攻，局势骤然严峻起来。当时泰宁县的环境十分恶劣，国民党、还乡团对人民群众进行疯狂的反攻倒算。国民党、还乡团大肆喧嚣共产党都被赶到东海边，同时，对未能转移走的党员等进行疯狂迫害与惨无人道的杀戮。

面对白色恐怖，为了打击敌人的嚣张气焰，鼓舞广大人民群众的斗志，中共泰宁县委决定从县直机关与尧山、楼德、高平三区选拔出 31 人，组建起一支精干的武装工作队，由县抗联副主任宫新宇、高平区委书记李允起负责，穿插敌占区，开展敌后斗争。武工队整装待发时，泰宁县委书记王介夫同队员们亲切话别，勉励同志们要克服一切困难，完成所肩负的光荣革命任务。

6 月 26 日下午，武工队从泰安县的康家马峪一带出发，一路疾行。当队伍走到邱家店区渐汶河村时，一个队员突发疾病，被安顿在一户老乡家休养，其余队员则继续前行。武工队又继续急行军，来到老寨山以西的敌占区进行活动。武工队神出鬼没，作战勇猛，打得还乡团抱头鼠窜，提心吊胆，惶惶不可终日，这极大地激励了敌占区人民群众坚持斗争的信念。

还乡团对武工队恨之入骨，视之为眼中钉、肉中刺，千方百计地想除掉他们。于是，还乡团向国民党正规军求援，谎称老寨山驻扎着共产党一支部队，请速速派兵"围剿"。随后，国民党军及还乡团共 700 余人，前来袭击武工队。

得知敌人前来的消息后，武工队迅速做出决定，退守老寨山，利用有利地形，与敌人斗争到底。武工队一行人中，2 个队员去县委汇报，2 个岗哨未来得及撤，其余人飞速攀登上老寨山。

老寨山东西长约 3 里，南北长约 5 里，周围环绕着无数座大小不一、蜿蜒起伏的山丘。老寨山峰顶好似一个馒头，光秃秃没有树木。主峰南面与西面是悬崖，下面是深谷，是山鹰的栖身之所，峭壁上生长着松柏。主峰的东面与北面是倾斜的山坡，山坡间布满嶙峋的山石与灌木，快到山顶的地方，垒有一道石墙。据说这是附近居民为防土匪抢劫而修建的，但由于年久失修，石墙早已残缺不全。

武工队登上老寨山后，便迅速分工。山寨北门是通往山顶的要道，由宫新宇负责，集中主要力量进行守卫，东北门是敌人的主攻目标，由李允起带队把守。山西南方向也布置了一个战斗小组，以防敌人从此处攻山。一切安排就绪后，宫新宇、李允起便组织起队员开始修整残破的围墙，以便将之作为战斗掩体，同时还积极进行战斗动员，鼓舞战士们的士气。

天刚蒙蒙亮，敌人就开始对老寨山发起攻击。在猛烈的炮火的掩护下，黑压压的国民党士兵，弓着腰往山顶慢慢逼近。在寨墙的后面，游击队员们紧紧握着枪与手榴弹，眼睛死死盯着爬上来的敌人，等待作战指令。待敌人进入伏击范围后，宫新宇便大吼一声"打"，顷刻间，子弹和手榴弹涌向敌群，敌人顿时乱作一团，死伤一片，连滚带爬退了下去。第一次进攻被打退。

被打退的国民党与还乡团，依仗着人数多、弹药足，很快组织起第二次进攻，他们集中炮火对山顶持续不断地轰击。山上的寨墙被轰塌，游击队员们有的壮烈牺牲，有的身负重伤，有的被压在坍塌的寨墙下面。但是，英勇的游击队员们并没有屈服，他们从压在身上的乱石下挣扎着爬出来，誓与敌人进行最后一搏。武工队员们依托残缺寨墙，顽强阻击敌人的疯狂进攻。激战持续十几个小时，武工队打退了敌人一次次进攻，子弹与手榴弹打光了，他们就用石头做武器，打击敌人。新泰县高平区区委通信员李天才参加革命不足一年，身上还没脱孩子稚气。他身负重伤，强忍剧痛，艰难地搬起石头向敌人砸去，一颗子弹击中了他，牺牲时他手中还紧紧攥着石头。敌人凭借猛烈炮火攻破寨墙，大部分队员牺牲，仅存的受伤的武工队员宫新宇、张步三、朱凤仁，相互搀扶，走到山峰西边悬崖边，纵身跳了下去。

跳崖后，宫新宇壮烈牺牲，张步三身负重伤，被还乡团抓住。还乡团将他抬到南峪村，把全村人集合起来，让他供出村里的共产党员与农会会长。张步三咬紧牙关，没有吐出半个字，凶残的敌人用刺刀割掉他的一只耳朵，然后抬着他去泗水城邀功。一路上，张步三骂不绝口，恼羞成怒的敌人将他杀害了。

朱凤仁跳崖时被岩壁上的树挂住了，昏迷过去。峭壁上的灌木、杂草遮住了他，搜山的敌人没有发现。当朱凤仁苏醒时，已是午夜时分，他摸索着爬到沟底。朱凤仁身上多处受伤，行走十分艰难，但他以顽强的毅力，强忍着剧烈的疼痛，爬到了王家庄子。王家庄子的党员与农会干部，立即用担架把他悄悄地转移到泰安县的北大山养伤。

日月穿梭，光阴荏苒，老寨山战斗已经过去几十年了，但岁月的流逝并没有消解人们对牺牲于斯的烈士们的深切怀念。几十年如一日，每逢清明，人们都会来到老寨山，回顾 26 位壮士的壮举，缅怀先烈们的功绩。

3. 爆破英雄臧西山

臧西山，山东省蒙阴县野店镇毛坪村人，1918 年出生于一个贫苦农民家庭。1940 年加入中国共产党。在革命战争期间，臧西山带领民兵爆炸队活动在蒙阴、新泰、沂水、沂南等地，采用地雷战的战术，给予敌人沉重打击。他技术高超，胆大心细，埋雷快，昼夜都能下雷，成为山东声名赫赫的爆破大王。

1941 年，面对日益严峻的斗争形势，野店镇毛坪村的党组织按照上级安排组织成立了抗日游击小组，臧西山被任命为小组长。在担任小组长期间，臧西山认真负责，多次完成上级交给的任务，配合主力部队作战。后来，根据上级指示，多个村庄联合成立民兵联防大队，臧西山被任命为联防大队的大队长。此后，臧西山接受组织委派参加县武委会举办的爆炸训练班，学到了一身本事。回村后的臧西山发挥在爆炸训练班学到的本事，带领民兵队员们组成爆炸组，通过研究和开发各种地雷，在与敌人的周旋中开展地雷战。

1942 年 3 月的一天，大崮一带的根据地遭到日伪军的"扫荡"。为了粉碎敌人的图谋，上级命令臧西山率领爆炸组摆开地雷阵阻击日伪军的进攻。接到命令的臧西山没有丝毫犹豫，他立即带领全体飞行爆炸组组员，到日伪军必经之地布下了地雷阵。那天天刚亮，敌人的马队、大车就涌进了雷区。前面的敌人踏响地雷，直接炸死了 7 个日伪兵，伤了 4 个。其余敌人不敢前进，炮击一阵后，便缩回了据点。臧西山爆炸组首战告捷，大长了人民群众的志气，大灭了敌人的威风，全体爆炸组组员受到了党和政府的表扬。

1943 年 5 月，日伪军又"扫荡"根据地，臧西山带爆破组组员，在敌人前进路线上埋设地雷。这时，距离日军先头部队不到一公里，他们急速地将地雷布设在上温村村西小桥周围。结果，日军接连踏响两颗地雷，死、伤十几人，日伪军的"扫荡"被有效阻滞。

1944 年 5 月，鲁中军区召开嘉奖大会，臧西山被授予爆破大王的荣誉称号。同年 8 月，又被授予民兵英雄的荣誉称号。经过抗日战争的洗礼，这支英雄的民兵连队，积累了丰富的斗争经验。解放战争中，他们又随中国人民解放军转战南北，为新中国的成立立下了不朽功勋。臧西山和这支英雄的民兵连队，在山东革命战争史上，写下了光辉的一页。

解放后，臧西山告别了轰轰烈烈的革命生涯，安心在毛坪村搞发展。他不居功自傲，和平时期仍然严格要求自己的儿女为老百姓做贡献。他常说，为人民服务没有小事情，都是大事情。每每提起这位热心为民的老英雄，很多老村民都竖起大指头，称赞他确实是个风风火火的人，为民办事从不含糊。

臧西山一生关心人民军队的发展。作为革命老前辈，他经常被邀请到军队为士兵们讲过去的战斗故事。他常常说的一句话就是，人这一辈子就是要干大事，干大事哪能不遇到困难？遇到困难怎么办？是汉子就决不能窝囊！臧西山一辈子都是个顶天立地的汉子，他总结自己的一生一共干了两件事，就是抗日和搞生产。这个看起来普普通通的汉子其实在很多人心中是"神"一般的存在。榜样的力量是无穷的，他的这种革命到底不服输的精神永远值得学习和传承。

4. 女民兵战斗英雄侍振玉

在炮火连天的岁月里，她出生入死，共参加大小战斗96次，足迹遍布蒙山沂水。1949年，她作为华东民兵代表唯一的女性，出席了中国新民主主义青年团第一次全国代表大会，被授予全国女民兵战斗英雄称号。1949年，她被光荣地推选为世界青年代表大会参会代表，临行前，国家领导人又特意接见了她。她就是智勇双全的女英雄侍振玉。

1929 年，侍振玉出生在山东临沭县大曹庄村一个贫苦的农民家庭。侍振玉姐妹六人，她排行第五，看着地里种一葫芦收一瓢的年景，爹妈狠狠心把大姐送给人家当了童养媳，只有两个月大的侍振玉也成了人家的"带女"。所谓"带女"，就是人家不生孩子，要了她去，即"带"个孩子来。后来，这户人家生了孩子，侍振玉又回到了她的穷家。不久，侍振玉又给人家当"压女"，即人家生了孩子就死，要了她去"压"着，孩子就不会死了。就这样，长到 6 岁，侍振玉先后 5 次被送给别人家。

1940 年，村子里组织起了抗日武装，年仅 11 岁的侍振玉扛起红缨枪，参加了儿童团。苦难的日子磨炼了侍振玉勇敢、顽强、大胆、倔强的性格。爬山上树，下河游泳，侍振玉样样都行。就这样，侍振玉成了儿童团团长，带领孩子们站岗、放哨、查路条……

1944 年夏，离大曹庄数里外的日军经常来"扫荡"，肆虐屠杀，罪行累累，侍振玉内心充满了对日军的仇恨。一次日军来扫荡时，母亲领着三姐、哥哥和弟弟，牵着牛到安全的地方躲避。人小胆大的侍振玉则偷偷地留了下来，她和四爷爷在村巷土炮楼里对付日军。当浩浩荡荡的日军走近时，侍振玉点燃了装着火药的土炮，轰的一声，日军吓得趴下了一大片。就在日军慌乱之际，侍振玉和四爷爷赶紧把土炮抬到地瓜窖里藏好，然后快速跑到另一个窖里躲起来。连续几炮给了日军不小的打击。

在 17 岁那年，侍振玉光荣地加入了中国共产党。此后，侍振玉担任了区民兵自卫队长、区联防队长、区武装部干事等职位。她带领民兵征收公粮，辗转敌后广泛发动群众埋地雷、打游击，弄得敌人闻风丧胆。还乡团对她恨之入骨，到处放出狠话，抓住定不轻饶。还乡团头目吴亦忠带人天天到她家搜查，并悬赏300大洋捉拿她。

1947年，国民党重点进攻沂蒙山区，鲁南地区沦为敌后区，侍振玉带领民兵和群众在沂河两岸与敌人展开了游击战。有一天大雾弥漫，敌人突然包围了区机关驻地。由于民兵大都在田里劳动，一时难以聚集。侍振玉立即将女民兵分为两组。一组监视敌人的动静，诱敌进入雷区；一组在敌人必经之路快速布雷，并插了几块写着标语的牌子。就在侍振玉她们通知独立营火速增援之际，敌人蜂拥而至。当看到标语牌时，敌人气得暴跳如雷，抬手就要拔掉牌子，这时一个小头目提醒道，小心有地雷。一个敌人找来一根长杆子，战战兢兢地趴在地上向上挑牌子。卧倒的敌人都捂着耳朵、撅着屁股，缩头缩脑地观察情况。然而，牌子被挑起后，没见啥动静，小头目恼怒了，骂骂咧咧。谁知就在几个匪徒争着拔牌子的当儿，突起几声巨响，敌人被炸飞了。埋伏在附近的民兵适时扣动扳机发起进攻，摸不着头脑的敌人惊慌中扔下几具死尸，仓皇逃回了据点。

1948年秋，苟延残喘的敌人又对沂东解放区发起猛攻。副区长刘成汉看到敌人火力强劲，命令后勤人员先行撤退。侍振玉通知完回来后，发现断后掩护的沂东区委书记张洪云被流弹打中，鲜血直流。枪声越来越紧，张洪云让卫生员和另一位同志先撤，又让侍振玉不要管他了，快撤。侍振玉坚决不同意。

此时，敌人已冲进曹庄北门，子弹尖叫着从侍振玉头顶、耳边飞过。事不宜迟，侍振玉把手枪往脖子上一挂，架起张洪云就走，好在熟悉地形，他们最后有惊无险地撤出了曹庄。

敌人对侍振玉又恨又怕，为了挑拨关系，激起矛盾，他们使用"反间计"，到处散布流言，说她父亲成了还乡团骨干。当部队开到曹庄，侍振玉腰插手榴弹，气冲冲地跑回家找父亲算账。父亲因为女儿入了共产党家人遭连累，本身就有一肚子气，便没理侍振玉，到柴房角落蹲了下来。侍振玉气极了，大声说要和父亲势不两立，拼个你死我活。说完，拔出一个手榴弹拉开弦就扔了出去。可是，手榴弹并没爆炸。原来，拉弦磨断了。正在推磨的三姐哭着说明实情，解开误会。听了家人的话，侍振玉才知道中了敌人的离间计。她抹了一把眼泪说，干革命就要坚持到底，死不回头！

侍振玉在革命战争年代令敌人闻风丧胆，新中国成立后，她勤恳工作，默默奉献，成为激励、鼓舞沂蒙人民自强不息、不断奋进的模范。1992年3月，侍振玉被山东省妇联、省民政厅、省军区政治部授予"山东红嫂"称号，同时授予省"三八"红旗手荣誉称号。侍振玉，这位传奇的女民兵战斗英雄，她的名字又一次传遍蒙山沂水，传遍神州大地！

5. 女侦察员陈洪彩

陈洪彩，1915年出生在山东省郯城县陈高册村一个贫苦农民的家里。她16岁嫁给了邻近周高册村的周宝敬。后来，周宝敬加入中国共产党，在丈夫的影响下，陈洪彩也懂得了许多革命道理，并积极投身革命工作。1938年，陈洪彩也光荣地加入中国共产党，并担任党的地下联络员、侦察员，负责收集情报工作。

1939年，八路军第一一五师主力在代师长陈光、政委罗荣桓的率领下挺进鲁南。为了打通鲁南与鲁西、湖西地区的联系，巩固以抱犊崮山区为中心的鲁南抗日根据地，第一一五师组成东进支队，决定拔掉鲁南重镇马头的日伪据点。陈洪彩顺利完成了临郯县委交给她侦察马头据点敌情的任务。11月18日夜间战斗打响，马头镇敌人在第一一五师主力的打击下溃不成军，除伪警察局局长赵宝淑藏身酒缸得以侥幸逃脱外，其余全部被击溃，马头镇解放。陈洪彩受到了部队领导的表彰。

1940年，临郯县抗日大队长朱继箴同志，在侦察敌情时不幸被捕。情况万分危急，临郯县决定火速营救朱继箴同志，同时配合东进支队端掉国民党的这个老窝。这次的侦察任务又交给了陈洪彩。陈洪彩化装成卖花线的，与丈夫周宝敬混进了城里。她一边察看地形，一边把看到的情况一一记在心里。26日，八路军东进支队二大队向郯城县城发起了进攻，由于情况摸得准，战斗进展顺利，我方顺利地营救出朱继箴同志，驻郯顽军大部被歼。郯城收复后，郯马地区连成了一片。

郯马地区抗日工作发展很快，成为日本侵略军的心腹之患。1940年10月，日军集中了大批兵力，从陇海路和临沂分南北两路向郯马抗日根据地进行"扫荡"。敌人占领郯马以后，在郯城、马头等地加强了驻军，四处修建碉堡，设立据点，对重点地区反复"扫荡"。1941年，郯马地区进入抗日战争最艰苦的时期。为了便于摸清敌情，接受党组织的安排，陈洪彩和丈夫住在马头镇关帝庙后一个吴姓同学的家里。一天，上级派人送来了一批反战同盟慰问袋，说要送给据点的敌人，瓦解日伪军心。陈洪彩反复琢磨，开动脑筋。最后，她想出了用皮球拴着慰问袋往里扔的办法。她买来一些小孩玩的皮球，把球和慰问袋一个一个牢牢拴在了一起。趁黑夜，她利用敌人打冷枪的间隙，机智地把"慰问袋"扔了进去，顺利完成了任务。

1944年秋，日伪军万余人分多路"扫荡"滨海地区，企图合围山东军区和滨海党政军领导机关，破坏我根据地建设。我领导机关和主力兵团均顺利转移至外线，在利用外线积极打击敌人的同时，又不断挺进内线和民兵相配合，反击敌人的"清剿"。郯城独立营的同志在反击敌人时被日伪军团团围困在田家小埠，几次突围未成，几乎弹尽粮绝。当时在郯城县抗日民主政府做后勤工作的陈洪彩，毅然接受了向火线运送弹药的光荣任务。陈洪彩在敌人眼皮底下连续五次向田家小埠送子弹。在送第六趟时，她想避开前五趟走过的路线绕道过去，然而，她刚用篮子把子弹挎出村子，就迎面碰上了汉奸和几个日伪兵。汉奸认出了陈洪彩，在当地老百姓的掩护下，陈洪彩逃出村子。但她在赶向栗圩子的时候，又碰到了敌人。陈洪彩拔腿就跑，凭着多年的战斗经验，她不停地躲避着敌人的子弹，忽然一颗子弹射中了她，她一个趔趄摔倒在地上，凶残的敌人冲上来，罪恶的刺刀刺向了她。在这万分危急的关头，独立营接应人员的枪声响了，他们发现了负伤的陈洪彩。日兵听见枪声掉头往回跑。这时陈洪彩脑子里只有一个念头——保住篮子里的子弹。她爬起来倒下，倒下又爬起来，她的血像泉水一样地往外涌，等她把篮子交到接应人员手里时，自己已变成了一个血人。带血的子弹发到了独立营战士们的手中，仇恨射向敌人，突围成功了，陈洪彩却倒下了。她的左臂下中弹，身上被敌人穿了几个洞，胳膊腿上血肉模糊。郯城县县长傅伯达亲自去看望、慰问她，对她的英勇行为给予了很高的评价，鼓励她要坚定革命意志，好好养伤。

陈洪彩为革命事业失去了自己的骨肉和至亲。1943年5月，陈洪彩和丈夫周宝敬、武工队员王德明化装接近敌人，住在敌伪乡长王景阳的家里，在试图除掉这个作恶多端的败类时，被王景阳发觉而暴露了身份，不得不撤离敌占区。敌人悬赏5000块大洋捉拿陈洪彩。为了打击敌人的嚣张气焰，县大队决定近期内拔掉几个敌据点。陈洪彩听说后，再三请求领导把侦察小马头据点的任务交给她。因为她熟悉周围的情况，便于隐蔽侦察。就在她带着孩子完成了侦察任务准备返回部队时，却被叛徒告密。在逃避敌人的追杀时，因翻墙失手，年幼的儿子从墙上掉下来摔在地上，她来不及看一眼儿子是否摔伤，抱起来继续跑。待脱险后才发现天真可爱的儿子从墙上摔下断了颈椎，不久便永远地离开了人世。陈洪彩强忍失去爱子的剧痛，继续战斗，并建议部队与打进据点的同志配合，采取"挖心"战术，一举消灭小马头日伪据点的敌人。

陈洪彩在抗日战争的艰苦岁月里，侦察敌情，传递情报，掩护同志，运送弹药。为了党的事业和民族的解放，她不怕牺牲、英勇奋斗。她是鲁南地区威震敌胆的女侦察员，是深受大家爱戴的"山东红嫂"，是人民群众心中的女英雄。她的名字在郯城大地久久回荡，永远被人们铭记。

五

传承与弘扬

沂蒙精神底蕴深厚、内涵丰富，无论是在革命战争年代，还是在社会主义建设与改革开放新时期，都发挥了重要作用。革命战争年代，沂蒙精神激励着沂蒙人民不畏强敌、舍生忘死，为革命事业顽强奋斗。社会主义建设和改革开放新时期，沂蒙精神的强大力量，能够让人们不畏艰险、迎难而上，给人们以战胜各种艰难困苦的信心和决心。沂蒙精神是革命精神，也是推动社会发展的建设精神和改革精神，它既是时代发展的产物，也是推动时代发展的力量。沂蒙人民在传承和弘扬沂蒙精神的过程中，将沂蒙精神转化为社会主义建设和发展的强大动力，推动沂蒙地区发生了翻天覆地的变化，谱写了改革发展和无私奉献的时代赞歌。

（一）艰苦奋斗

社会主义革命和建设初期，面对穷山恶水，沂蒙人民坚决响应党中央的号召，体谅国家的困难，不等不靠、自力更生，大胆尝试、敢为人先，以主人翁的姿态，怀着对社会主义新生活的美好向往，继续发扬战争年代的革命热情和大公无私、舍家为国的精神，积极探索发展经济的新路子，沂蒙精神与社会主义改造和建设的实践相结合，得到了进一步的传承和弘扬。

1. 山东省第一个农业生产合作社

吕鸿宾是莒县阎庄镇吕家庄人，全国著名农业劳动模范，第一、第六届全国人大代表。1911年，出生于一个贫苦农民家庭，15岁随父母逃荒闯东北，1936年回乡。1944年，他积极跟共产党走，样样工作跑在前。1945年，被选为村自卫团团长后，他带领民兵配合支前，支援解放战争，组织民兵轮流站岗放哨，盘查可疑行人，维护全村治安，工作搞得非常出色。

1948年，吕鸿宾加入中国共产党，担任吕家庄第一任支部书记，他带领群众，积极响应党的支前生产两不误的号召，一边支前，一边生产，动员群众成立互助组，解决支前与生产之间的矛盾。在淮海战役全面打响的时候，他积极组织互助组，采取"劳力巧安排，人员巧组合"的办法，解决了人手不足问题，克服了种种困难，完成了秋收秋种任务。由于小麦按时播种，第二年的小麦产量每亩超过50公斤，比单干户每亩增加28公斤，获得了大丰收。因此，吕家庄受到了阎庄镇区委表彰，后面向全区介绍生产经验。1949年，全县召开劳模会，吕鸿宾被评为一等劳模。1950年沂水专署授予吕鸿宾农业劳动模范称号，同年9月，他出席全国工农兵劳动模范代表大会，获全国农业劳动模范称号。

农业生产合作社，是在中国共产党和人民政府的领导和促进下，由工农在自愿互利的基础上组织起来的合作经济组织。1951年，吕鸿宾成立了全省第一个农业生产合作社。1951年9月，吕鸿宾赴北京出席全国劳模会并应邀参加了国庆观礼。在天安门观礼台上，他遇到了中央农业部门的刘定安，刘定安告诉吕鸿宾中央要在全国试办农业生产合作社，华东地区有他一个。此后，吕鸿宾参观了河北省新利屯、吴公村等农业生产合作社，吸取了宝贵经验。11月，吕鸿宾离京返乡并酝酿成立农业生产合作社。由于缺乏实践经验，富裕中农反对，贫下中农则随大流持观望态度，同意办社的户由刚开始的九户减到三户。吕鸿宾向沂水地委书记周星夫汇报了筹备办社情况，周星夫鼓励说，三户就比两户多，星星之火，可以燎原。11月末，吕鸿宾等三户召开了农业合作社成立大会，成为山东省首家农业生产合作社。多家媒体报道了吕鸿宾办社情况，并把合作社命名为吕鸿宾农业生产合作社。

1952年，吕鸿宾农业生产合作社小麦丰收，创沂水地区小麦丰收最高纪录。中共中央华东局在上海召开了小麦丰产奖励大会，奖给吕鸿宾合作社一面红旗、一枚奖章和现金200元。会后，各级领导纷纷前来参观学习，群众看到合作社生产好，纷纷要求入社，到9月，合作社发展到59户，尹家楼、马家街两村也有20户农民参加了吕鸿宾农业社。此时，有人提议将三个自然村合并为一个村。1952年7月，三村群众聚集一处，召开庆祝大会，公布新村名"爱国村"，农业合作社也更名为"爱国农业生产合作社"。

1955 年，"爱国社"改名为"爱国高级农业生产合作社"。通过采取典型示范、逐步发展、入社自愿、退社自由的方针，实行土地分红与按劳分配相结合的措施，合作社妥善解决了集体劳动与私人占有之间的矛盾，促进了生产力发展。集体化后，吕鸿宾特别注意先进农业技术的引进、推广和应用。爱国社成立了农业科学技术队（后称实验队），划出土地，组织青壮年，聘请贾马官庄的谢长法任队长兼技术员。此外，还引进良种和技术，在实验队进行试验示范，成功地推广了许多作物的优良品种和先进的农业生产技术。这些对提高粮食产量和经济效益起了巨大作用。

吕鸿宾深知"无工不富"的道理，所以他非常重视集体工副业的发展。在他的支持下，爱国社成立了铁木业社，铁木业社后逐步发展成为有一定规模的爱国机械厂。他邀请当时被认为"有问题的"技术人员，让他们放下包袱，积极工作。靠着技术人员和工人们的共同努力，铁木业社研制出了小四轮拖拉机、变压器、播种机、小钢磨等当时具有先进水平的机械。在吕鸿宾的鼓励和支持下，技术员王铸带领攻关小组，昼夜奋战，不到一个月的时间，第一台煎饼机试制出来了，后经改进，终于获得成功。吕鸿宾高兴地说，祖辈用大石磨，他们用小钢磨，从此，"小钢磨"就成了煎饼机的专用名称。新产的小钢磨，远销东北各地。当时群众赞扬说，小钢磨转得欢，解放了妇女半边天。同时，吕鸿宾安排专人抓工业，先后发展了石灰窑、砖瓦厂、水泥厂、鞋厂、油坊、拖拉机站等多个项目，并有了颇为可观的经济效益。

吕鸿宾爱国农业生产合作社是山东省内成立的第一家农业生产合作社，产生了巨大的示范作用，成为山东省农业生产合作社的一面旗帜。

2. 王家坊前的新尝试

早在新中国成立前，沂蒙根据地就已经实行了土地改革，根据地的群众基本上人人有田。为了帮助群众克服困难，组织成立互助组。到 1944 年，沂蒙地区发展各种互助组已有 2 万多个。在实行农业合作化的过程中，沂蒙人民又创造了许多新经验，特别是莒南县王家坊前新建农业合作社创造的通过发动社员投资解决合作社资金不足等困难的经验，后在全国推广。

莒南县地处沂蒙山区东部，战争年代，八路军第一一五师司令部长期驻扎在这里，山东省政府也于 1945 年在莒南县大店镇成立。这里的群众革命热情更高，走社会主义道路的决心更大。1953 年农业合作化时期，王家坊前村积极响应党中央、毛泽东主席的号召，开始兴办初级农业合作社。该村"老社长"王同昌和复员军人张三善、史明松 3 个共产党员响应党中央的号召，带领 15 户农民办起新建农业生产合作社。办社之初，生产条件非常困难。1954 年，这个社的社员每户粮食产量都要比单干时高。其他农民看到了办社的好处，纷纷要求入社，新建社便由原来的 15 户发展到了 33 户。但由于集体经济基础太差，社员家底又穷，不仅生产资金困难，而且连种子、农具等生产资料都严重不足。到了春耕时节，社员们遇到了缺农具、缺种子、缺肥料、无资金等大难题，眼看就要无法耕种。如何克服面临的困难？社员们集思广益，最后决定充分发挥合作的优势，倡导自愿投资，自力更生解决困难。社长王同昌率先把自己平时省吃俭用积攒下的100元钱投到社里，复员军人史明松也把自己的50元退伍安家费投到社里。在社委会领导的带动下，社员们纷纷向社里投资、投物，到1955年3月初，全社已有10户社员投资270余元，18户社员投花生种600余公斤，还有一些农具、种子等其他生产资料。困难解决了，不仅当年农业生产获得了大丰收，而且为合作社的持续发展奠定了良好的基础。这年秋天，社里获得了大丰收，社员分得的粮食比原来多了一倍。

这个新的做法，引起了上级领导的高度关注。区委领导将新建农业合作社发动社员投资的情况上报莒南县委和大众日报社。不久，《大众日报》在头版头条发表了专题文章。中共山东省委也专门派省委农村工作部部长谢华到王家坊前村进行调查研究，并将其典型经验上报中央。1955年9月，毛泽东主席作出批示："这个合作社的经验也证明，适当地，不是过多地，并且是在启发社员有了充分的觉悟以后，对于贫苦社员又加以照顾等项条件之下，发动社员投资，解决合作社生产资金不足的困难，是完全可能的。"

时代变迁，沧海桑田，半个多世纪过去了，但一代代王家坊前人，始终把毛泽东主席的批示作为前行的动力，在各级党委、政府的正确领导和支持下，不忘初心，始终坚持自力更生、勤俭节约、艰苦创业、合作共赢、敢为人先的精神，集体经济不断发展壮大，村民生活不断得到提升改善。王家坊前的创新经验是莒南人民创业史上的一座丰碑，也是实现中国现代化道路的精神力量。

3. 高家柳沟的新做法

新中国成立初期，全国上下普遍缺少文化，很多人连字都不认识，自己的名字也不会写，这给老百姓带来了很多难题。莒南县高家柳沟村就是如此。

1954 年，高家柳沟村建立了农业生产合作社，实行按工分配制度。由于群众文化水平很低，社里根本就没有合格的记账员。村里的团支部召集社内青年，共挑选了 7 个识字超过 100 个字的青年来担任记账员。但由于这些人识字还是太少，甚至连社员的名字、农活的名称都写不出来，最后就只能用画圈画杠的办法来记账。当画圈画杠也无法表达想要表达的意思时，就只好找一部分记忆力比较好的人来当"心记员"。由于人们的记忆力终究有限，时间久了，不但心记的忘掉了，就是用圈、杠等符号标记的也无法识别了。因此，到年底结账的时候，只好把社员们重新召集起来一起算账。有时熬到半夜也算不出个结果，成了一笔糊涂账，甚至闹出纠纷来。"公分、公分，社员的命根。""社好办，账难算，不如趁早散。"当时那个年代，社员们都指着公分过日子，没有合格的记账员，账目出了错，社员们当然不满意，最终不但合作社难以为继，人们办合作社的信心也被动摇了。

针对这个记账难题，高家柳沟青年团支部向农业合作社社委会提出建议，可以通过组织青年人学文化来解决。在党支部的支持下，高家柳沟青年团支部组织青年团员正式创办起了记工学习班。学习班以生产队为单位，划分了学习小组，并聘请高小毕业生担任教员。学习班采取集中与分散相结合的学习办法，主要利用晚上时间在社员的厨房里组织青年农民学。平时说什么、用什么，就学哪些字。团支部把学习步骤分成三步。第一步，根据记账需要，先学本村地名、社员的名字，以及阿拉伯数字。比如合作社有"高、沈、吴、褚"四姓，先学会这四个字，然后再按姓下的名学习。这样社员的名字就能全部写出来了。第二步，把要学的字编成朗朗上口的顺口溜儿，便于学员学习和记忆。第三步，创造见物识字的学习方法，在家具、农具上及街头巷尾都写上对应的字，以便学员们抬头即见物，见物即见字，提升学习效果。第一天晚上，学习班教了"今天晚上开学了"7个字。

他们的学习条件非常艰苦，但学习班的学习热情非常高涨。没有教室，学员们坐着小板凳，趴在饭桌上、锅台上、炕沿上学文化，谁家有地方就在谁家学。晚上学习没有灯，他们就凑花生油或者点灯照明，花生油不足，就榨松树油做灯油；没有纸、没有笔，他们就用瓦盆片、水罐底当石板，用滑石当石笔。

凭着这么一股学习热情，经过两个半月的学习，参加学习的 115 名青壮年中，有 19 人能胜任记账员的工作，有 92 人能记自己的工账。在此基础上，团支部又选派一些识字较多的学员，组成会计学习班，跟合作社的会计学习打算盘、记账等。团支部组织的这些学习活动，不仅提升了人民群众的文化水平，解决了合作社缺少记账员的难题，也改善了合作社的经营管理，提高了人们办好合作社的信心，为更好地发展农业生产奠定了重要基础。

高家柳沟这一创造性的经验先后得到了县、区领导的高度重视和大力赞扬。1954年，共青团山东省委先后两次派人到高家柳沟进行调研，判定他们的做法切实可行，值得推广。1954年秋，《山东青年报》对高家柳沟青年团支部创办记工学习班的事迹进行了报道。1955年，《人民日报》等报纸也相继刊登了高家柳沟青年团支部创办记工学习班的文章，山东省委要求在全省农村广泛推广高家柳沟村的这一经验。

1955年，毛主席对莒南县高家柳沟青年团支部创办记工学习班的经验作了重要批示。毛主席的重要批示极大鼓舞了高家柳沟农民学习文化的热情。村团支部和妇代会相继办了12个青壮年学习班、6个妇女学习班，还编写了《业余学习语文试用课本》《学哲学课本》《高家柳沟诗选》等教材。截至1971年，高家柳沟村的所有学龄儿童全部入学，常年参加业余学习的有1060人，基本扫除青壮年文盲，在全国扫盲工作中名列前茅。由此，重视教育、重视学习，成为这个村的鲜明底色。

当年，村民左振堂等人还到中央人民广播电台介绍了高家柳沟农民业余教育经验。全国各地纷纷来高家柳沟村参观学习，并结合自身实际采取多种形式创办学习班，组织农民学文化，有力促进了青壮年学文化，大大提高了农民的文化素质，不仅推动了全国的农业合作化运动，而且增强了人们对社会主义的信心。这一做法，后来还受到了联合国科教文组织的充分肯定，多次派人员来中国考察，向世界推广我国扫除文盲、进行国民教育的经验。

几十年来，高家柳沟村一直传承"记工学习班"精神，重视文化、学习文化。高家柳沟村团支部先后获得共青团山东省委、共青团临沂地委授予的"学科学、学科技红旗团支部""共青团工作红旗单位"等荣誉称号。如今，拥有2000多人口的高家柳沟村已有500余人先后考取了大中专院校，并涌现出一大批"脑袋""口袋"都富有的新型农民，成为远近闻名的"学子村"。

4."厉家寨是一个好例"

"愚公移山，改造中国，厉家寨是一个好例。"这是毛主席于1957年给厉家寨写下的重要批示，这也是对厉家寨最好的认可和褒奖。

厉家寨位于三山、五岭和两河之间，自然条件非常恶劣，厉家寨的人民群众生活极其困难。为了战胜他们所生活的穷山恶水，厉家寨人们发扬愚公移山的精神，向恶劣的环境开战，向大自然挥力，他们奋力拼搏，开展了一系列卓有成效的积极探索，在此基础上也孕育了艰苦创业、敢为人先、团结实干、无私奉献的精神。艰苦创业、敢为人先的厉家寨成了沂蒙地区农业战线上最早涌现出的一个先进典型。厉家寨人这种"愚公移山，改造中国"的志气和勇气，成为全国人民开展改造自然行动的榜样力量。

厉家寨，位于莒南县城东北部，是一个典型的山村。新中国成立前，全村山岭薄地，斜洼不平，被众多山岭、河沟分割得零零碎碎，有的十几块地才能凑成一亩地。而且九成是石砟子地，土层只有两三寸厚。由于土质贫瘠，粮食产量很低。尽管村民都尽力管护，但一年打下来的粮食仍不够半年吃的。同时，山荒岭秃，水土流失十分严重，每年都有三五百亩地连庄稼带熟土被洪水冲走。由于土层太薄，这些土地既不抗旱也不耐涝，当地群众无奈地说，这里是三天不下雨小旱，五天不下雨大旱，连下几天雨就水灾泛滥，十年就有九年歉。

新中国成立后，为了改变穷山恶水，厉家寨人民不断探索粮食丰收的好路子，例如叠土、深翻地、整梯田等，从而实现了粮食丰收。

厉家寨的村民最初改良土壤的方法和尝试就是叠土。什么是叠土呢？叠土就是将地块里周边的土壤往其中间进行聚拢，以此来增加土层的厚度。后来，村民发现叠土这个方法行不通。因为"一块地叠三年，围着锅台打转转"，地块越来越小，地越种越少。于是村民们就开始尝试深翻土地。村民们发现土地深翻之后，收成稍微好了一些。但新的问题又出现了。因为厉家寨是属于丘陵地区的，一到了夏天，被翻上来的土就会被从山上流下来的雨水给冲刷走了。于是，村民慢慢尝试解决这个问题。他们开始尝试在深翻地的中间打上"隔子"，也就是修地堰，以此来减少雨水对土地的冲刷力度。他们将深翻地和修地堰两道工序合在一起做，就这样，"二合一"的梯田便诞生了。

可惜的是，"二合一"梯田意外遭到了灭顶之灾。1956年夏天，一场大雨过后，厉家寨东边的一大片"二合一"的梯田全部被大雨冲毁了。村民忙了好多天，终于查找到了导致此次灭顶之灾的主要原因——排水系统出现了问题。于是，厉家寨的"三合一"梯田在探索中诞生了。"三合一"梯田的意思就是在一片地里做深翻地、培地堰和修排水系统三道工序。村民尝试在深翻整平土地时，让地面外面高里面低，这样的话就可以倒流水，然后他们在地面里的侧面开了一道排水沟，在排水沟的出口处，用石头砌成沉淤坑，此次来保水保肥，这种做法的防止水土流失的效果非常好。厉家寨人民探索的"三合一"梯田实际上就是后来在全国被广泛推广的"大寨田"，厉家寨人为之付出了艰辛的劳动。

厉家寨人民以"敢教日月换新天"的志气、不登山之顶峰决不罢休的锐气奋力拼搏，艰苦奋斗，向恶劣的环境开战，克服了重重困难。厉家寨人民累计凿通3道岭，搬掉了11个岭头，填平了300多道水沟，改修了12条小河，对上千块横七竖八的小块地削高填洼，深翻整平118块大地，成功地控制了水土流失，促进了农业生产连年丰收。1956年，厉家寨粮食亩产高达到274公斤，超过了当时有关规定要求的各地亩产250公斤的目标。这一系列鲜亮的数字，创造了令世人瞩目的辉煌业绩。

厉家寨人民创造翻天覆地的变化离不开广大人民的奋勇开拓，也离不开他们的党支部和带头人。1951年12月，厉月坤担任厉家寨的党总支书记，他开始带领着厉家寨人民改造家园。

他多次动员，组织互助组搞深翻地，到1957年，厉家寨6500亩地基本深翻一遍。随后，他又组织人民打水井、建水库，挖了一条长800米的深沟，这条深沟的建成，也结束了厉家寨长期缺水的历史。1958年，厉月坤被授予华东地区劳动模范的荣誉称号。1955年，厉家寨由原来的13个初级社合并成大山农业社，此时厉月举任农业社社长。他带领厉家寨人民削梁填沟垫沙滩，成功地在山沟里造出了厉家寨有史以来的第一号称"跑马地"的大地，总面积13亩多。1957年，厉月举被评为首届全国劳动模范，他曾参加国庆观礼，并在1963年当选为山东省第三届人民代表大会代表。

厉家寨人的壮举，得到了全国人民的关注和高度认可。对此，在1957年10月，毛主席作出了重要批示，莒南县委11月也作出了全县向厉家寨学习的决定。《大众日报》也发表了重要社论，号召全省学习厉家寨的典型做法。12月，在全国农业工作会议上，国务院授予厉家寨大山农业社一面锦旗。后来，大山农业社的事迹被拍成电影《厉家寨》。

面对成绩，当时的厉家寨人并没有停在功劳簿上止步不前，而在此基础上又提出了"三山五岭摆战场，两条河流做文章，实现农业现代化，粮油再创高产，农林牧副全面发展"的新思路，成千上万人齐上阵整"三合一"梯田，共计2680亩，治理河滩、荒山共计1200亩，新建水库4座，渠道总长28.5公里。随后的近10年内，厉家寨人又克服重重困难，大战棋盘山、石人顶，建起了龙潭沟、龙门水库等多项农业基础设施项目，演绎出整山治水、战天斗地的新气象。

随着土地条件的逐渐改善，厉家寨的粮食产量也实现了节节攀升的良好成绩。厉家寨在山上成功地种植了水稻，这是以前想都不敢想的事情。到 1973 年的时候，厉家寨粮食亩产有 1000 多斤，向国家贡献粮油 40 多万斤，群众的生活水平有了大幅度提高，这也让厉家寨成为全国农业战线上的一面旗帜。曾任国务院副总理的大寨党支部书记陈永贵也两次带领大寨人前来厉家寨参观学习，在济宁做报告时，陈永贵称，治山治水整地，厉家寨是他的老师。

厉家寨人民的艰苦创业精神，极大地鼓舞和激励沂蒙人民在沂蒙大地上展开了轰轰烈烈的大规模的整山治水运动。在沂蒙山区，每年都有上百万人齐上阵。他们齐心协力，在冬天与严寒做斗争，在夏天则与酷暑做斗争。基于此，沂蒙地区初步实现了"平原水利化，洼地稻田化，岭地梯田化，荒山荒滩四旁绿化"的设想，使原来较为恶劣的自然面貌和生产、生活条件得到了极大改善，为以后的经济发展打下了坚实的基础。

（二）改革创新

时代发展给沂蒙这片红色沃土赋予了更多期待。沂蒙人民高举建设中国特色社会主义的伟大旗帜，紧抓机遇，解放思想，敢闯敢干，开拓奋进，凭着不断改革创新、开拓奋进的韧劲，创造出许多令人赞叹的成就和奇迹。在改革开放的大潮中，沂蒙大地上产生了一批干事创业的模范，有临危受命引领企业重铸辉煌的时代楷模，有冲锋在前带领人民将乡村振兴事业进行到底的党员干部，还有身残志坚的乡村领头人。他们在各行各业中改革创新、开拓奋进，绘就了时代发展的新篇章。

1. 九间棚改天换地

九间棚村坐落在海拔 640 多米高的龙顶山上，地处沂蒙革命老区腹地，当年是出了名的穷山村。在清朝初年，因战乱来到这里的逃荒者，在此定居下来，因棚内被分为九间石室，人们便称这里为"九间棚"。

住在山上的人不这样称呼这个地方，因为他们觉得有一个名字更符合这个地方的特点，那就是"干山顶"。因为这里极为缺水，土壤贫瘠，十分荒凉。住在山上的人很少下山，这里在没有通路之前，是四面峭壁，无路可走，人们只能通过攀爬悬崖的方式冒险上下山。有时需要运送东西或病人上下山，就离不开山上的一块门板。壮汉将物品放到门板上，从悬崖边上抬下山，每次抬完都是大汗淋漓，筋疲力尽。改革开放前，九间棚人均口粮不足 200 斤，人均收入不足 70 元。很多女孩不愿意嫁到这个荒凉的地方，1984 年，全村 20 个适婚青年就有 13 个光棍汉。最让人们头疼的还是饮水问题，山上极为缺水，唯一的水源是石棚边上的一个小泉眼，根本不够村里人的日常饮用，人多时只能下山去挑水。因此，谁都不肯把女儿嫁到山上，怕没水喝渴死。1984 年，刘嘉坤成了村里的领头人，他决心要改变村里的贫穷面貌。他决定带领全体群众修路、架电、整山、引水，让昔日的干山顶变得和其他村子一样富足。刘嘉坤上任伊始，面对九间棚村所处的窘境，迎难而上，确立了以改变恶劣生产条件促进发展的思路，先后召开党员会、村民会统一思想，经过讨论，达成共识：1990 年以前，修通上下山的公路，户户用上电，家家吃上自来水，让龙顶山基本实现了水利化，把所有的荒山绿化。这就是九间棚人制定的架电、修路、整地、引水、栽树的五年规划。

架电需要资金，党员、干部带头集资，原党支部书记刘德敬首先拿出 500 元钱，刘嘉坤把准备修房子的 200 元也用在了架电上。在他们的带动下，有的村民下山卖猪、卖羊、卖鸡蛋，有的村民投亲奔友去借钱，不足 200 人的九间棚 10 天就凑齐了 1.5 万元，解决了架电急需的资金。山下的人怎么也不相信九间棚人能把电架上山，因为上山的路平时空手走都很难，要把十几米长的水泥杆抬上山，谈何容易！但九间棚人没有被困难吓倒，他们找来绳子和木棒，一点一点往山上挪。木棍压断了就用肩膀扛，站着拉不动就趴下拖。悬崖上立不住脚了，刘嘉坤就趴在石头上当人梯，几百斤的重量压得他气都喘不过来，一根根 1800 多斤重的水泥电线杆，九间棚人硬是用 20 天时间抬到山上。不足一个月，九间棚人就用上了电灯。

接着便是修路。刘嘉坤到城里请来技术员测量了上下山的路线，技术员扳着指头算账，全村劳力不干别的，光修通这条长 3500 米的盘山路至少要用几年时间，他劝刘嘉坤趁早打消修路的念头。可刘嘉坤决心已定，他们采取分段承包到户的办法，把需要修的路段按人承包到户，最难修、最危险的路段全都留给党员干部。于是男女老幼齐上阵，并找来亲戚朋友帮工，施工队伍呼啦啦从山上站到山下，寒冬腊月，不分昼夜地干，党员干部干脆吃住在工地上。在修路的紧要关头，刘嘉坤干脆在石崖旁搭起个小棚子，白天开山，晚上值班，孩子病了也顾不上回家看看。在党员干部的带动下，村民们拼命苦干，奋战5个月，终于建成了一条6米宽、3500米长、大小24个弯的盘山路，打通了九间棚村脱贫致富的"任督二脉"。整个工程投资1.6万多元，用炸药1万多公斤，压断扁担200多条，磨秃了上千根钢钎。当第一辆汽车开上山顶时，人们一下子将汽车围得水泄不通，很多人高兴地流下了热泪。

有了电，有了路，接下来就要解决缺水的难题。1986年，刘嘉坤看准村西北3500米之外的一处天然石洞，打起"高山水利"的主意。九间棚村西3000米处有储水量丰富的卧龙泉，刘嘉坤他们决定把泉水引上山，彻底解决九间棚村用水的难题。

刘嘉坤

可是，要想把泉水引到300米高的山顶，就要建扬水站。1986年5月，刘嘉坤带领村里的劳动力建设了卧龙泉扬水站。他们用绳子拴住腰，绳子的另一头拴在悬崖上面的树根上，人吊在半空中打眼放炮，山风吹来，人在半空中荡悠得直打转。打锤时，一不留神，手就被锤子砸破，鲜血直流。下去打眼的人起初还有点儿害怕，但一想到盼水的村民，想到快要干焦的树叶和庄稼，很快又稳定了情绪，一锤一锤地打起来，没有一个人叫苦叫累。就这样全村大干一个月，一座输水管道长度为8000米的扬水站建成投入使用。建了扬水站，还要砌垒3500米长的防渗石渠。老党员刘德明自告奋勇，当起了修石渠的石匠头。他凭着帮别人盖房子学到的垒墙技术，带着一帮青年干了起来。这些青年一不留神，手就被锤子砸破，鲜血直流，但没有一个人退却，一条防渗石渠很快就在龙顶山头修筑起来。又经过几十个日夜的奋勇苦干，九间棚人终于把3000米外的卧龙泉水引上了龙顶山，彻底结束了九间棚村缺水的历史。1987至1988年，九间棚村又在山顶修建了3个大水池、35个小水池，完成全部石砌渠工程，4个自然村和3个山头全部通了水，实现了高山水利化。

两个肩膀一双手，龙顶山上写春秋。九间棚村依靠艰苦创业，立足于自己的力量，克服困难，完成了改天换地的伟大事业。他们用自己勤劳的双手和顽强拼搏的意志，一举改变了九间棚贫困恶劣的生产、生活条件，走上了致富之路。如今，九间棚已经走上脱贫致富的小康之路，成为全国学习的榜样。九间棚已经成为全国农业战线上的先进典型。

2. 全国时代楷模赵志全

在沂蒙山区，有这么一位令人敬仰的企业家、优秀共产党员、全国人大代表，在其58年的生命历程中，他曾一次次地竖起改革的大旗，无畏艰难险阻，向最难处攻关，向最远处奋发，奉献到生命的最后一刻，直至倒在陪伴自己数十年的办公桌前。他就是鲁南制药集团原董事长赵志全。赵志全用自己的一生践行着作为一名优秀共产党的责任和担当，用自己的实际行动彰显了鲁南人的奋斗拼搏，用自己的无悔付出诠释着沂蒙精神的时代含义。虽然他已经离开了我们，但是他的名字将被永远铭记，他的精神将传承于世。

1956年，赵志全出生在沂蒙山区费县西葛峪村，来自一个贫苦农民家庭。他是恢复高考以后的首批大学生之一。1982年，赵志全从山东化工学院毕业，之后便进入了当时的郯南制药厂工作。当时的承包制在全国风靡，鲁南制药厂也成为这股风中的改革先锋。1987年，赵志全工作的郯南制药厂便成为临沂第一家公开招标承包经营的试点对象。当时，赵志全年仅31岁，虽然年轻，但是他一举中标担任起鲁南制药的厂长。赵志全接手鲁南制药时，这家制药厂的账面上只有19万元净资产，另外还有2万元的贷款，仓库里存有的原料仅能维持三天的生成所需，更为严重的是，当时的鲁南制药厂人心涣散，濒临倒闭。在包括赵志全在内一起竞标的4个厂长中，赵志全提的目标是最高的。别人的目标定的都是扭亏，唯有赵志全提出当年扭亏为盈、实现利润 20 万的高目标，并立下到 1991 年实现产值 1000 万元、利润 120 万元的军令状。直到赵志全签订承包合同时，还有领导不断提醒他，目标定得太高了，根本无法完成，可以将目标降一降，将数量减一减。周围有人私下议论纷纷，他们认为赵志全年轻气盛，喜欢做梦，不务实，摔几跤就明白了。但是，赵志全没有受到外界任何质疑声的影响，他义无反顾地在合同书上签了字。自此，赵志全就将自己的一生与鲁南制药的改革发展联系在了一起。

做企业没有想象中那般简单，改革的阻力也没有预知中那般弱小。1988 年春节前夕，一场突如其来的风波袭来，给这位刚刚上任一个月的年轻厂长带来了泰山压顶般的考验。当时，一支由国家 4 个部门组成的联合调查组空降到郯南制药厂，调查组人数在最多时有 100 余人。可以想象，对于那时只有 100 多个职工的鲁南制药厂而言，太多的未知和猜测在企业内部形成了一定的恐慌氛围。后来，大家才知道，因为鲁南制药厂中的个别既得利益者的利益在改革中受到损害，所以他们不断写匿名信，向上级部门诬告郯南制药厂制假售假，引起上级管理部门的高度重视。但是，调查结果最终证明，赵志全是被诬陷的，他是清白的。而这期间，赵志全没有中止改革的步伐，顶住了来自多方的巨大压力，一边接受调查组的调查，一边与科研机构联合进行新药的研发，并很快开发出新的药品，并投放到市场。

1994 年前后，乘着股份制改革的东风，赵志全带领鲁南人将鲁南制药厂改组为山东鲁南制药股份有限公司，并在当年年末，进一步推行分配制度改革尝试，果断采取按劳分配的分配方式，摒弃之前的大锅饭、平均主义的做法和陋习。他的做法又一次引起企业内既得利益者的强烈反对。其中，一个在改革中失去位置的干部多次胡搅蛮缠，并朝赵志全的阳台开了一枪，想以此来恐吓与要挟。

但是，各种各样的诬告与恐吓的枪声没有吓倒他，更不能阻止赵志全的改革步伐，反倒激发出他一往无前的志气和勇气。对此，赵志全曾斩钉截铁地说道，不管改革的路有多难走，他就认一个理：为了企业的发展、职工的利益，不改革不行。改革也许会失败，不改革一定是死路一条。

"96决战"是如今经常被鲁南人反复提起关键词，也是鲁南制药改革发展史上的关键尝试。1995年，受宏观调控影响，银行收缩银根。由于货款回收不过来，工人的工资半年发不下来，鲁南制药厂陷入了前所未有的困境。赵志全在危急关头，大胆地提出以市场为中心。他在全厂员工面前立下"军令状"：他自己每月仅拿200元的生活费，如果到了规定日期完不成任务就自动辞职。为了不断地拓展新市场，他马不停蹄地辗转在各个城市。他每到一处，就与当地的专家、医生进行详细交流，以便全方位地了解市场。结束后他再夜以继日地与业务员一起分析和研究市场，想尽一切办法解决问题。由于马不停蹄地奔波，极度劳累的赵志全不慎摔倒，造成腿部严重骨折。他强忍着疼痛，继续投入工作。他的腿打了石膏，不能弯曲，他只好将腿搭在椅子上坚持开会。为了不让同事们看到自己的艰难处境而丧失信心，每次开会前，他总是在大家到会场之前先坐好，等到大家散场后他才离开。虽然赵志全在努力地掩饰着疼痛，但大家还是知道了。业务员们备受鼓舞，纷纷感叹，有这样的老板，他们怎么能不拼着命地去干？

艰难探索和不断推进持续 27 年，从最初积极探索承包制到改革尝试"三项制度"，从形成股份制到确立公司运行体制，赵志全的满头青丝随之变为白发。尽管如此，他攻坚克难的改革意志和豪情却丝毫未减。

赵志全

2001 年以来，鲁南制药平均每年科研经费的投入约占销售收入的 9%，有的年份则高达 18%。面对如此高的科技投入，有些人质疑。他们不理解为什么要把这么多资金投在科研上。赵志全用鲁南制药的飞速发展证明了创新是企业发展的最初源泉。为了引进高层次人才，鲁南制药的科研人员的工资比企业高层还高，这成为鲁南制药一道独特而亮丽的风景。

2002年9月，赵志全的工资单引起大家的关注，工资单明确地显示他的当月收入为6002元，扣除水电费、房租等费用，实际发放到手的工资为5949.28元。而当时，一个企业的总经理动辄年薪百万乃至上千万，坐豪车住洋房已是常事。相比而言，赵志全确实是一个"穷人"，他仍然坐着已跑了50多万公里的车，住在40多平方米的旧房子里。可以说赵志全的生活非常"俭朴"。鲁南人的福利是可以分到房子，每个人都期待着能尽早拿到分房指标，但是赵志全曾6次放弃分房机会。

在民营企业中，"家族管理，子女接班"是很正常的，打开鲁南制药的员工花名册，大家惊奇地发现，鲁南制药中层以上的员工中，竟没有一人与赵志全有血缘关系。更令人惊诧的是，赵志全在遗书中，把这个凝聚着他全部心血、资产高达百亿的企业托付给了一个"外人"，而且没有安排家族中的任何人参与企业的经营管理。新任董事长张贵民也是通过赵志全的遗嘱才知道，自己要肩负起这个沂蒙山区最大纳税企业继续前行的使命。更令人惊异的是，在赵志全离世的前一年，张贵民和赵志全仅见过两次面，交谈的内容仅限于工作。

对此，曾有亲人指责赵志全太没有人情味，竟然"六亲不认"。他的女儿赵龙非常优秀，从北京大学本科毕业后到美国波士顿大学攻读研究生学位，但赵志全没有将企业交给女儿经营。其实，鲁南人都清楚，他们最爱戴的赵志全为了改变民营企业家族式衰败的宿命，宁愿用现代企业制度缚住"六亲"，也不愿员工失去幸福生活的来源。他把误解、忧愁、抉择的煎熬都留给了自己。

这就是鲁南人心目中的赵志全，这就是时代楷模赵志全，这就是中国企业十大人物之一的赵志全，这也是永远被人们敬仰和铭记的赵志全。

3."乡村振兴领头雁"王传喜

"绿树掩映小洋楼，空气清新人长寿，使用沼气新能源，文明卫生又方便，条条大路通家园，乡村胜似城里面。"在山东省临沂市兰陵县代村，村民自编的这一顺口溜，道出了这里的幸福生活。而20多年前，代村是一个远近闻名的穷村、乱村。30出头的王传喜接过这个"烫手山芋"，开始探索代村发展之路，他带领村民盘活土地资源，发展规模经营，推进产业融合，建成代村商城，做强集体经济。经过多年的努力，代村上演"华丽蝶变"。代村之变，彰显了一位优秀党员的责任与担当，也体现了村级治理筚路蓝缕的改革创新路。代村地处临沂市兰陵县，也曾是先进村的代表，但是到了20世纪90年代，这里却成了发展落后的典型。村集体负债累累，村子里矛盾重重。

1999年3月，代村举行了党支部换届选举，王传喜成为代村党支部书记。刚一上任，王传喜就面临着各种难题。他一上任就收到了法院送来的传票，原来村子遗留下来的债务纠纷问题受到了多方的起诉。由于外债过多，村集体发展落后，就连基本的水费、电费都无法按时缴纳，导致村子时常停水、停电。更让人忧心的是村里的治安问题，由于过去没有很好治理，村风极差，打架斗殴、酗酒闹事、偷盗窃取、邻里不和等问题时有发生。面对村子发展面临的各种问题，王传喜忧心忡忡。但是一想到人们的信任，他又坚定了要把代村发展好的信心。王传喜心想：代村再也不能这样乱下去了。于是王传喜开始走访村民，寻找问题。通过走访，他整理出了土地分配问题、债务管理问题、环境治理问题等几十个影响村子发展的问题，他决定一一攻破。

王传喜从最难解决的债务问题着手。他带领村民制定了偿还债务的原则，即分期分批偿还债务，只要村里一有收入，首先考虑的便是还债。在王传喜的带领下，村民也节衣缩食，集中力量，在随后的几年内陆续偿还欠下的债务。

除了债务问题，土地分配不均也是村民反映较多的问题。例如有两户住得比较近的村民，同样是五口之家，一户村民家中有十几亩地，而另一户村民才一亩多地，差别很大，村子一直没有解决这一问题，因此群众对土地分配的意见也比较多。于是王传喜带领村干部商量对策，测量土地，反复研究，终于制定出了土地分配的新方案，重新分配地块。

土地分配的新方案很快在村子公布，但是没有人前来认领新土地。王传喜经过了解发现，原来是有人阻挠新土地分配方案的实施。新的土地方案改变了土地分配不均的问题，以前占有大量土地的人不愿意放弃既得土地，而占有土地较少的村民也不敢到别人以前拥有的土地上去种植作物。为了阻挠土地的分配，有的村民故意破坏划定地界的木桩，更有甚者竟然威胁和恐吓王传喜的家人。

家人劝说王传喜辞去这一职务，但王传喜觉得，既然已经承担了这一任务，不管遇到什么困难都要把它干下去，而且要干好。王传喜凭着自己的一颗为村发展的初心和一股不服输的闯劲，硬是没有退却。一方面，他将自己的土地分配方案报到了镇里和县里，争取了上级领导的大力支持；另一方面，他耐心地在村子里开展说服教育工作。农忙时节，王传喜带领村干部到田间地头给正在劳作的村民送水、送饭，同时给他们讲解土地分配的政策，经过王传喜一段时间的努力，村民们终于接受了新的土地方案。

在王传喜的带领下，新的地界又重新立了起来，土地也得到了公正分配。这一个个地界木桩，在代村村民心中立下了一个公平公正、一心为民的村集体形象。

棘手问题解决后，王传喜又开始带领村民整治村容村貌和社会治安。通过全村的努力，代村的面貌发生了巨大的变化，环境美了，治安好了，人们在代村生活得越来越舒心了。

但是在王传喜看来，环境只是村子发展的基础，不仅要让村子美起来，更要让村民的口袋鼓起来。说干就干，王传喜带领村干部制定了村子发展的前瞻性规划，并逐步将这一规划落实到了实际工作中。

于是王传喜开始带领村民探索适合代村发展的模式。他先带领村民搞起了"五园一带"的生产模式，这里既建造了花卉园、果品园、蔬菜园、良种示范园、农业观光园，还建立了全民健身带。

王传喜把农业和旅游业进行有机结合，让人们的腰包越来越鼓。2005到2007年间，王传喜先后流转了周围村庄的9000余亩土地，建起了高标准的现代农业示范园。这里不仅生产农作物和花卉，更成为人们旅游和休闲的公园。2010年，代村又投资建设开发了"千亩万户"大市场——代村商城，别看这里是村级商城，它的规模已经十分庞大，进驻经营户3000多家，年交易额达到60多亿元。2012年，占地2万亩的国家农业公园在代村拔地而起。

王传喜

　　在王传喜的带领下，经过20年的努力，代村由当初的落后村，一跃成为各业总产值28亿元、纯收入1.2亿元、村民人均收入6.8万元的先进村。代村实现了人人能就业，家家有分红。代村先后荣获全国文明村镇创建工作先进村镇、中国美丽乡村、山东省先进基层党组织、山东省文明村镇、平安山东创建先进单位等称号。他本人荣获时代楷模、全国劳动模范、全国优秀共产党员等荣誉称号。2019年王传喜被选为最美奋斗者，2022年光荣地当选为中共二十大代表。

　　王传喜是"最美奋斗者"，也是无数村干部干事创业的榜样，正是有无数像王传喜一样一心为民、敢闯敢干的乡村干部，才有了我们全民脱贫和乡村振兴的丰硕成果。有了无数像他们一样辛勤付出、无怨无悔的基层干部，社会主义现代化建设的蓝图就一定能够实现！

4. 极限人生朱彦夫

　　在沂蒙山区有这样一个人，他14岁参军入伍，16岁入党，先后参加过孟良崮战役、淮海战役、渡江战役等上百次战斗，3次立功，负伤十几处。1950年奔赴朝鲜，在战场上与敌激战七昼夜，头部和四肢负重伤。经过47次大小手术，昏迷了93天，被截去四肢，失去左眼。后来，他以

朱彦夫

惊人的毅力学会了装卸假肢、吃饭、穿衣和解便，还学会了认字、读书和写作……他就是被誉为"中国保尔·柯察金"的朱彦夫。

　　1933年，朱彦夫出生在山东沂源县西里镇张家泉村，家里一贫如洗。朱彦夫10岁那年，父亲惨死在日本人手中。1947年，14岁的朱彦夫瞒着母亲报名参加了人民解放军。解放战争期间，朱彦夫先后参加大小战斗近百次，多次和死神擦

肩而过。抗美援朝战争打响后，朱彦夫所在的第九兵团跨过鸭绿江，进入朝鲜，开始了保家卫国的战斗。

1950年12月，第九兵团在长津湖与美军展开激战。在这场激战中，为了争夺250号高地，朱彦夫和战友们穿着单薄的衣服在冰天雪地里，与装备精良、物资充足的美军殊死搏斗。敌人为了尽快抢占250号高地，疯狂地向朱彦夫所在的连队发起进攻，每天都会向阵地抛下无数枚炸弹，整个山头被削平了好几十厘米。在一次又一次的阵地争夺战中，战友相继牺牲，整个250号高地最后只剩下遍体鳞伤的朱彦夫一人。来不及悲伤，来不及恐惧，朱彦夫心里只有一个念头：哪怕牺牲，也要坚守阵地，就算是死，也要多杀死几个敌人。当敌人再次如潮水般涌上时，朱彦夫把身边的三挺机枪全部压满了子弹，不停地换位射击，死守阵地。很快，三挺机枪的子弹就打光了。就在朱彦夫准备再一次给机枪上子弹时，突然眼前飞来几颗手榴弹。出于本能反应，朱彦夫迅速抓起一颗扔向了不远处的敌人，紧接着他又抓起另一颗扔了出去，但手榴弹刚出手，他就听轰隆一声巨响，眼前一道火光划过，他失去了知觉……

不知过了多久，昏迷中的朱彦夫被钻心的疼痛唤醒，他被厚厚的白雪覆盖。他挣扎爬出雪堆，往前移动。因为四肢已经失去知觉，朱彦夫只能在雪地上匍匐前行。不知爬了多久，也不知道昏迷过多少次，朱彦夫终于被两名志愿军战士发现并送到战地救护所救治。因为伤势过于严重，朱彦夫又被送回国内医院进行救治。当时，医生都对朱彦夫的情况感到震惊，他的头部、腹部、胸部都受了重伤，仿佛只有一口气在勉强维持生命。流出体外的肠子被塞了回去，多次截肢……医生给朱彦夫实施了 47 次手术。尽管一直处于昏迷状态，但他的生命体征一直都在。他坚强的生命力让所有的医生都感到意外。

时间一天一天过去，在医护人员的精心照顾下，奇迹出现了——昏迷了整整 93 天的朱彦夫醒来了！然而，虽然命保住了，但朱彦夫失去了四肢，左眼失明，右眼的视力下降严重。刚满 18 岁的朱彦夫醒来后发现自己已不是"自己"，没有手脚，身体被截得不足一米。他崩溃到不吃不喝，拼命去撕咬身上的绷带，多次试图自杀，幸好都被医生拦了下来。急了眼的医生忍不住了，冲他喊："你的命是我们用几个月的时间，千难万难硬从死神那里夺回来的，你有什么资格不珍惜？"医生的话点醒了朱彦夫，从此以后他再也没有想过死，但接下来该怎样面对人生，朱彦夫陷入了思考。

身体渐渐恢复后，朱彦夫被送到了泰安市的荣军休养所。在这里每天有专人喂他吃饭、帮他穿衣，还有人陪他聊天、给他讲故事。然而，在 1956 年，朱彦夫毅然决然地放弃了国家的优厚待遇，回到了家乡。经过不断的训练，朱彦夫的自理能力有了很大的进步，吃饭、如厕、装卸假肢等，他都可以自足自立了。这期间，朱彦夫还遇到了陪伴自己一生的好妻子，从此以后他的生活步入正轨。

朱彦夫却不甘心平庸，一门心思要做点什么。他首先想到的就是带领乡亲们学习文化知识。因为出身贫寒，朱彦夫没有读过一天书，他决定从自己做起。他用舌头翻书，用残臂握笔，克服了无数的困难后，终于可以独立读书写字了。之后，朱彦夫主动腾出自己家的一间屋子，买了书，成立了村里第一个图书室。因为识字的人少，来图书室的人并不多。朱彦夫又张罗着办起了夜校，自己亲自当老师，刚开始没人来，他就挨家挨户地劝说，最终村民都被他的执着打动了。作为老师，朱彦夫每天晚上都要步行一公里给村民们上课。

1957 年，朱彦夫被选举为张家泉村的党支部书记，他感觉自己肩膀上的担子更重了。1961 年，一场大饥荒来临，村民吃树叶、树皮，甚至树根都吃干尽了。有人熬不下去，要举家去讨饭。他拦住村民，不允许他们出去讨饭。他听说邻村的人将过去烧柴的地瓜秧粉碎成糊糊吃，就自己出钱，托人买回一台粉碎机，和村民一起把地瓜秧粉碎了吃。接下来，他带着乡亲开荒填沟，开辟出了 110 多亩良田，让张家泉村 108 户人家的庄稼地多了起来，家家户户不仅能吃上饱饭，还有余粮储存。朱彦夫自己绘制图纸，带领大家修建灌溉渠。他戴着假肢，下到深井里，挥动着残臂，与壮劳力们一同奋战。除了开地、打井外，朱彦夫还在村里成立了林业队，建起了果园。

1982 年，朱彦夫从工作岗位上退了下来，按理说他应该享受一下生活，可是这位刚强的战士又开始了另一场战斗——将战友们的故事写下来。他用嘴咬笔、双臂抱笔、单臂绑笔，三种方法交替使用，每天只能写几百字，经常累到汗流浃背。文化水平不高的他，为了能好好写作，啃坏了四本字典。

长篇小说《极限人生》的创作过程，既是朱彦夫刻苦学习的过程，也是他苦苦思索的过程。因为太用功，朱彦夫视力开始下降，伤口发炎，加上心脏也不好，医生和家人都劝他放弃，可朱彦夫不听。作为全连队唯一的幸存者，他认为有责任和义务让后人知道战友经历了什么。朱彦夫耗时7年，用去约半吨稿纸，写成自传体小说《极限人生》。

1996年拿到书的那天，朱彦夫在扉页上写下了牺牲在朝鲜战场的战友的名字，双膝跪地将书点燃，告慰战友在天之灵。朱彦夫把儿女召集到身边，在书的扉页签上自己的名字，对孩子们说："以前一心只顾村里事，对你们关心不够，连结婚都没有像样的东西。这本书就算是爹给你们的补偿吧！"

《极限人生》出版后不久，朱彦夫在一次演讲中不小心摔倒，右侧身体失去了知觉。然而，他继续凭借惊人的毅力，完成了另一部自传体小说《男儿无悔》。朱彦夫说过一句话：与其腐烂，不如燃烧。这名战场归来的老兵，这位沂蒙山区的长者，最终感动了中国，成了一座生命不息的时代丰碑。

（三）爱党拥军新红嫂

新中国成立后，沂蒙人民继承了爱党拥军的光荣传统，在不同的岗位上默默奉献，用实际行动展现沂蒙精神的时代风采，他们继承了沂蒙红嫂在革命战争年代爱党拥军的光荣传统。沂蒙儿女在这片火热的土地上谱写了一曲曲执着奉献、爱党拥军的赞歌。他们饱含对祖国、对人民子弟兵和沂蒙人民的深情大爱，用爱党拥军、奉献社会的行动，演绎出沂蒙儿女的家国情怀。

1. "最美兵妈妈"朱呈镕

　　1997 年，一个下岗女工躺在沙发上整整七天七夜，这七个昼夜里她始终处在下岗的无奈和失落之中。她怎么也想不通，曾被同事称为"销售女王"的自己怎么就下岗了呢？这个女工正是日后被人们称为"朱老大"的朱呈镕。就在她为找不到出路而烦恼的时候，电视上正在播着"沂蒙红嫂""沂蒙六姐妹"的故事，看到沂蒙群众为了革命事业无私奉献、拥军支前，她深受感动。沂蒙红嫂们博大的爱心、对党的无限忠诚，以及无私奉献的精神激励着朱呈镕。与她们相比，下岗算什么？朱呈镕不由得暗下决心要向她们学习，争做新时期的"红嫂"，重新树立自己的人生目标，找回自己的人生价值。

　　经过多方比较，她首先看好了三轮车运营这个行业。说干就干，1997 年，她筹集了一些资金，购进了 50 辆人力三轮车，办起了运达出租车公司。但是，很多下岗职工不愿意放下面子来蹬三轮，他们觉得"面子"比什么都重要。于是，朱呈镕先从保护下岗职工的面子入手，她买来了遮阳帽和太阳镜，把工人们"武装"起来，这样工人们也就不再担心"面子"的问题了。"面子"解决了，"里子"问题又来了。因为临沂以前没有人力三轮车经营模式，人们对人力三轮车并不认可，工人们守在三轮车前一天下来没有几单生意，很多人感觉在临沂蹬三轮没有市场。为了提振工人们的信心，朱呈镕自掏腰包，每天雇"乘客"去坐三轮车，工人们也有了相对稳定的"收入"。

经过一段时间的努力，人们慢慢接受了人力三轮车，坐车的人多了起来，朱呈镕的脸上也露出了笑容。

机遇垂青于有准备的头脑。一次偶然的邂逅，成就了朱呈镕想做大事业的梦想。1999年10月的一天，朱呈镕到平邑县走亲戚，路过一片山楂林，她看见村民在砍山楂树，她很好奇这么好的山楂树为什么要砍掉，便去询问原因。原来多年种植山楂，平邑的山楂出现了产量过剩的现象，虽然长势很好，但是卖不上价钱，辛辛苦苦种植的山楂每斤只能卖2分钱。村民感觉山楂树不能带来收入，还不如砍掉种植其他农作物。朱呈镕觉得山楂是做糖葫芦的好原料，可以尝试做成冰糖葫芦进行销售。于是朱呈镕以每公斤5分的价格收购了这位村民的山楂。不久，这位村民便将采摘好的9000公斤山楂按朱呈镕留下的地址送到了临沂。从来没做过冰糖葫芦的朱呈镕，看到这9000公斤山楂又犯了难。但是不服输的性格让她又振作起来，于是她白天到制作糖葫芦的小作坊去学习，晚上回来进行实验。经过一番努力尝试，她终于做出了好吃又不粘牙的无核冰糖葫芦。

此后，朱呈镕又进行了多次尝试，研发了夹心的冰糖葫芦，广受到喜爱。很快，朱呈镕就注册了"朱老大"的商标，"朱老大"成为临沂人家喻户晓的品牌，并且逐步走向了全国。朱呈镕又趁势借助"朱老大"的名声开发了其他产品，像"朱老大"速冻水饺、"朱老大"汤圆等。不久她又成立了"朱老大"饺子村，在全国拥有几十家加盟店。2014年3月，朱呈镕又成立了自己的公司，"朱老大"食品集团有限公司，这使她的生产得到进一步的扩大。

朱呈镕不仅是山东朱老大食品有限公司党支部书记、总经理，更是全国许多部队官兵心中的"兵妈妈"。朱呈镕用20多年的时间，从沂蒙大地走向祖国的边防哨卡，走入600多支部队进行慰问宣讲，为各地官兵赠送鞋垫数万双，送水饺100多吨。

2003年，北京发生非典疫情，朱呈镕从电视上看到北京小汤山医院有位女战士不幸感染了非典，牺牲时连一个盒饭都没有吃完。她心疼地流下了热泪，立刻就安排车辆，连夜出发，把5000公斤水饺送到北京小汤山医院。2008年南方发生雪灾，人民子弟兵抗击雪灾的精神感动着每一位中华儿女。通过媒体报道了解到人民子弟兵抗击雪灾的事迹后，为了让子弟兵过上一个温暖的春节，让他们能够在合家团圆的除夕夜吃上热气腾腾的饺子，朱呈镕带领公司同事连夜奔赴河南信阳，经过800公里的行程终于在大年三十下午到达了部队，给战斗在抗雪灾一线的人民子弟兵送去了承载深情厚谊的5吨水饺和60箱汤圆，受到了2400名官兵的热烈欢迎。很多士兵热泪盈眶，亲切地喊她"兵妈妈"。

2009年，朱呈镕到沈阳军区鸭绿江畔好五连慰问官兵。政委给她介绍一位战士："朱大姐，他叫张晓峰，三四岁就没了爹妈，将来退伍了，一个孤儿，去哪里好呢？"她想了一下说："要不就交给我吧，我做他的妈妈，给他安排工作，给他成个家……"她话没说完，张晓峰一头扑到她怀里，一边哭一边叫妈妈，整个连队的官兵都感动得哭了。

2014年4月，朱呈镕从海南省文昌市清澜港乘坐补给船前往三沙市永兴岛。经过十几个小时的海上颠簸，克服了晕船带来的呕吐、腹泻等诸多身体不适，她把沂蒙精神送到了驻守在这儿的南海航空兵某场站。2020年春节，朱呈镕看到人民子弟兵支援武汉抗"疫"的报道后，就带着20吨速冻水饺长途奔袭15个小时抵达武汉，给战士们送去了沂蒙老区人民的深情厚谊。武汉大街小巷空荡荡的，火神山医院建设现场却热火朝天，"党员突击队""入党积极分子突击队""共青团员突击队"等旗帜猎猎飘扬。部队首长惊讶地问她："你怎么敢来这里？""因为你们在这里。"朱呈镕说。

作为红嫂精神的传承者，朱呈镕坚定一个信念：拥军永远

朱呈镕（右二）

无止境，拥军永远不下岗，生命不息，拥军不止。一个下岗女工创业成功，朱呈镕本身就是一个励志传奇。朱呈镕成功后不

忘回报社会，体现了一个成功企业家的责任担当。朱呈镕爱党拥军，续写了沂蒙红嫂的奉献精神。她先后获得全国创先争优优秀共产党员、全国老区妇女创业创新标兵、全国巾帼创业带头人、沂蒙新红嫂等荣誉称号，多次受到党和国家领导人的亲切接见，被誉为"最美兵妈妈"。

2. 感动中国的戚洪桂

一个普普通通的沂蒙山农家妇女，在失去丈夫的沉重打击下，忍着剧痛，独自承担起家庭重担，奉养老人，含辛茹苦教成边。她痴心爱国拥军，热心奉献百姓，谱写出新时期沂蒙红嫂拥军为民的感人篇章。她就是被誉为"沂蒙新红嫂"的戚洪桂。

戚洪桂 1947 年出生在山东省临沂市费县张庄乡龙岗村，是一个普普通通的农家妇女，在沂蒙淳朴民风的熏染和沂蒙人民爱国拥军优良传统的影响下，戚洪桂形成了勤劳善良、坚忍不拔、深明大义的优秀品格，在平凡的人生历程中走出了一条不平凡的人生道路。

年轻时的戚洪桂就是一个思想活跃、积极进取、要求进步的积极分子，曾经担任村里的团支部书记。那时她还有一个梦想，就是能够穿上军装当一个兵。但是在当时的社会条件下，她和大多数农村的年轻女子一样结婚生子，过着平凡的日子，担任村里的妇女主任是她主要的社会活动。但是，她又有着不同于其他人的心胸和情怀，她坚信越是艰苦的地方越能锻炼人的道理。1991 年 10 月，力排乡邻亲友的阻拦，她毅然把 18 岁的小儿子林立波送到西藏边防部队服役。儿行千里母担忧，送走儿子的戚洪桂像所有母亲一样牵挂儿子，但是她说的最多的是叮嘱儿子安心服役，保家卫国。

天有不测风云，在儿子服役的第二年，她的丈夫林本营因突发急病去世。临终前，林本营曾经对她提出最后一个愿望就是见一面当兵的小儿子。可戚洪桂想到儿子在军营的学习、训练正处于关键时期，为了不影响儿子，她含泪拒绝了丈夫的要求。为了安慰丈夫，她从家里拿来儿子的照片给丈夫看。最终，戚洪桂的丈夫带着深深的遗憾离开了人世。为了让儿子安心服役，保卫边疆，在丈夫去世后的三年间，戚洪桂一直没有把这个不幸的消息告诉儿子。每当儿子来信，她就把信拿到坟前眼含泪水念给九泉之下的丈夫听。这三年间，每年春节她都是在丈夫的坟前和他一起度过。"丈夫自己在那里太孤独，太寂寞了，我得陪陪他。"戚洪桂曾经对采访她的记者说道。戚洪桂与丈夫伉俪情深，但是她又从来没有后悔过自己的选择，把让丈夫带着遗憾离开的痛苦深深埋藏在了心底。

失去丈夫后，戚洪桂一个人扛起来了家庭的重担。辛苦的田间劳作、繁重的家务和照顾老人的担子全压在了戚洪桂一个人身上，不久她积劳成疾，住进了医院。丈夫去世时，戚洪桂担心儿子受不了，就趴在病床上给部队接连写了几封长信，恳求部队要绝对保密，可选个适当时机告诉儿子，并一定要替她这个当母亲的做好儿子的思想工作，坚决不能让儿子回来。三年后，儿子才得知父亲早已去世的消息，万分悲痛的儿子在千里之外的西藏高原朝着家的方向长跪不起，放声痛哭，又写信问母亲为什么不及时告诉他。儿子的来信中很多地方都被泪水的痕迹掩盖，戚洪桂痛苦欲绝，含泪连夜给儿子回信。当儿子接到这封泪痕斑斑的回信时，发自心底地喊道：妈妈，你是世界上最伟大的妈妈！

戚洪桂教子卫国的感动事迹，一时在西藏军区部队广为传

戚洪桂（右）

诵。战士们纷纷以"您的儿子"的名义给戚洪桂写信，捐款慰问这位可亲可敬的母亲，一个战士来信写道："我从小就没了母亲，您的事迹让我感动，让我流泪，您就是我的母亲。"戚洪桂收到这些信后，也被部队官兵的爱民之情所感动，决定亲手为他们缝制鞋垫以表心意。于是她买来了20余丈布、80多个线团、1斤绣花球，经过60多个日日夜夜的飞针走线，用自己的心血，将沂蒙母亲对边防战士的深情厚爱缝制在鞋垫里，上面绣上了"精忠报国""建设边疆"等字样，她还请人帮忙做了两面锦旗，绣上"军民鱼水情""恩重似海深"，署名"沂

蒙山区农妇"，寄给了部队。

1995年，戚洪桂带着自己亲手绣的鞋垫、找人做的锦旗和沂蒙山特产，不远万里去西藏军区看望那里的战士们，受到了部队官兵的热烈欢迎。在那里，她为西藏部队义务服务50多天，为战士们洗缝补衣服160多件。在这期间，戚洪桂做事迹报告6场。她还在经济比较拮据的情况下买礼品看望了两位藏族老人，代表沂蒙山人民向藏族的米林小学捐款，为遭受雪灾的藏民捐款。戚洪桂为藏族同胞带去了沂蒙山人民的深情厚谊。从此，戚洪桂走上了爱国拥军的新旅程，不仅用实际行动尽自己的微薄之力拥军，更重要的是在精神上给了人民子弟兵关怀和鼓励。

2007年，为庆祝建军80周年，60多岁的戚洪桂不顾年老体弱，经过300多个日日夜夜的飞针走线，赶制了800双鞋垫，将绣有"军民一家"等字样的鞋垫亲手交到首都国旗班子弟兵手中。提到做鞋垫，戚妈妈曾经自豪地说："现在做鞋垫都不用看，光凭手感就能很快做出来。"戚妈妈自己也不知道自己到底做了多少双鞋垫，但是这些鞋垫都送到了边疆战士们手上。战士们收到鞋垫和锦旗，读着戚妈妈的一封封回信，深受鼓舞。一些找理由请假探家的战士打消了念头，平时训练叫苦叫累的战士变得积极主动，训练上更加刻苦认真，广大官兵纷纷表示向这位平凡而又伟大的母亲学习。

戚洪桂同志的先进事迹被中央、地方的各大媒体宣传报道。各地军区多次授予她荣誉称号和奖励。1994年4月，西藏军区授予她边防战士的好母亲荣誉称号。1995年，中央军委副主席迟浩田将军听说戚洪桂的事迹后题词"沂蒙红嫂情谊长，洪桂同志是榜样"。1996年，她被临沂市妇联授予沂蒙十佳新红嫂荣誉称号。2002年，被授予十佳兵妈妈荣誉称号。戚洪桂用自己的行为赢得了社会的尊重，用自己的爱心赢得了人民子弟兵的衷心爱戴。

3. "爱国拥军好妈妈"胡玉萍

胡玉萍1922年出生于沂南县和庄村，作为一个普通的共产党员，她用一生执着的无私奉献，谱写了一首朴实无华、感人至深的爱国拥军之曲。

1992年，胡玉萍被辽宁省委、省政府、省军区授予拥军优属模范个人、模范共产党员、学雷锋标兵等光荣称号。1995年被中央军委、民政部授予全国爱国拥军模范、爱国拥军好妈妈等光荣称号。1999年，她出席中华人民共和国成立50周年庆典，受到江泽民等中央领导同志的亲切接见。2007年8月20日，在北京人民大会堂重庆厅隆重举行的十大爱国拥军新闻人物颁奖仪式上，已故的胡玉萍荣获十大爱国

胡玉萍雕塑

拥军新闻人物特别奖。

年轻时，胡玉萍就与人民子弟兵结下了不解之缘，与许许多多沂蒙红嫂一样，她为革命奉献出了自己的热火青春。在抗日战争时期，为了方便八路军伤员治疗，新婚第二天，胡玉萍就把新房腾出来让伤员疗伤，并亲自为伤员端水做饭。胡玉萍在坐月子期间，收到了亲朋好友送的鸡蛋，她一个也没舍得吃，全部送给了八路军伤员补充营养。解放战争时期，孟良崮战役打响后，她把弟弟送到部队，又把丈夫送上前线抬担架，自己则带领村里的妇女烙煎饼、缝棉衣、做军鞋和护理伤员，成了当地有名的支前模范。

新中国成立后，胡玉萍积极参加生产劳动和进行文化学习，把村里烈军属的生活包下来，给他们多方面的帮助。在抗美援朝期间，胡玉萍把家里多年攒下的500斤大豆捐献出来，又动员兄弟姐妹凑足1500斤粮食，捐献给国家购买飞机、大炮。1965年，胡玉萍光荣地加入了中国共产党。她积极响应毛主席号召，处处以雷锋为榜样，照顾烈军属、五保户，爱党爱军几十年如一日。1968年，她步行20多里路到县城把二儿子亲自送到部队，一年后，又把已经参加工作的大儿子送往部队。1974年的一天，胡玉萍花300元钱买了棉花、花布准备给儿子结婚用，路过烈属刘大娘家时，看到刘大娘的孙女还没穿上棉衣，就把棉花、花布分给了刘大娘一部分。这一天，她走访了十几家烈军属、五保户，她把剩下的棉花、花布全部分给了他们。这样的事情太多了，一个矮小的身躯中却蕴含着至高无上的大爱情怀。

晚年的胡玉萍，依然用自己的双手创造财富，奉献军营，奉献社会。1978年，胡玉萍在部队的两个儿子先后转业到辽宁抚顺，她便随两个儿子到抚顺安家落户。到抚顺后，胡玉萍并没有就此颐养天年，又和"雷锋团"的官兵结下了深情厚谊。她把子弟兵当成亲人，把部队当作自己的家，不顾年老多病，尽力为部队奉献爱心。她从1988年开始养猪，费尽千辛万苦，为的是送给部队和烈军属。她用卖猪的钱为部队战士买了1万多元的书，为敬老院买了台彩电。1989年，西葛联社分给她一套二室一厅的住房，当得知一位退伍军人没有住房时，她毅然将住房无私地让给了那个退伍军人。胡玉萍每年都到抚顺市驻军单位做革命传统报告，就连海拔1000多米的高山哨所，她都去过不止一次。多年来，地方政府和部队领导送给她的彩电等礼品，她一样不留地送给了军烈属和敬老院。她为部队和社会累计捐款捐物20多万元，而她自己却始终过着俭朴的生活。

毛主席说过，一个人做一件好事不难，难的是一辈子做好事。胡玉萍就是做了一辈子好事的人。胡玉萍生病期间，沂南县各级领导曾多次前往抚顺探望她的病情。2005年，胡玉萍病逝，享年83岁。按照老人的遗愿，她的骨灰被安放在沂南县鲁中革命烈士陵园万松山的苍松翠柏之间。

胡玉萍同志的一生是革命的一生、无私奉献的一生、为共产主义事业奋斗的一生，她以自己的行动实践了共产党员的铮铮誓言。胡玉萍爱党爱军、无私奉献的精神是一笔宝贵的精神财富。她写过一首《奉献歌》："一天不为党奉献，饭菜再香难下咽；两天不为党奉献，吃了蜂蜜也不甜；三天不为党奉献，脸红耳赤羞满面；五天不为党奉献，对党有愧心感叹；十天不为党奉献，思想灵魂半瘫痪；天天为党做奉献，年年为党做奉献，永为党旗增鲜艳，共产主义早实现。"虽然语言朴实无华，却道出了奉献的真谛和共产党员的崇高境界。这应该是新时代每一位党员干部都应该认真学习和践行的。

4."沂蒙新红嫂"于爱梅

作为教师，她传播理想、信念、知识，无愧人类灵魂工程师的称号；作为"沂蒙母亲"王换于的孙女，她学习、传承、践行沂蒙精神，无愧于"沂蒙新红嫂"的光荣称号。这是人们对于爱梅精彩人生的精准概括。

于爱梅，1952年出生，山东省沂南县第四中学退休教师，现任沂蒙精神传承促进会会长、沂蒙红嫂纪念馆义务讲解员。她十几年如一日践行沂蒙精神，传承红色家风，开展爱党拥军活动。

于爱梅从小在奶奶和母亲身边长大，她生活过的沂南县马牧池乡东辛庄村，是中国共产党抗日战争和解放战争时期在山东的重要领导指挥中心，许多党政军机关都曾设在这里，许多高级将领都在这里工作、生活过。于爱梅的奶奶是"沂蒙母亲"王换于，母亲是"百岁红嫂"张淑贞，她们都是当时很有影响力的拥军模范。她们的言传身教，使于爱梅对红嫂精神、沂蒙精神的理解更加全面而深刻，使她养成了爱党爱军、乐于助人、为人师表、无私奉献的品格。

2004年离岗后，于爱梅带着20双鞋垫、几箱方便面等，跟随全国拥军模范李秀莲第一次去当地部队拥军，从此她便把大部分精力投入拥军优属事业，已至花甲之年的退休教师走上了自己出钱积极拥军的道路。行程数万里，足迹遍布江南塞北，十几年来她和沂蒙红嫂协会的姐妹们先后到各军区、部队慰问，每年定期看望老英模、老党员、老八路、老红嫂等上百人。制作拥军鞋垫5000多双，协调拥军物品价值100多万元。

2006年，于爱梅看到当年为党和军队做奉献的百姓群众，有些人年事已高，体弱多病，生活困难，就一直想为他们做点实事、做点好事。她到北京与中国和平基金会进行了沟通，向该基金会申请了10个补助名额，由基金会每年向县内的张红英、王桂花、范桂君等10位"红嫂"式英模人物每人提供1200元生活补助。后来，又陆续增添了"沂蒙红嫂"明德英的儿子李常俊等人。每一年，基金会都会把补助金打到于爱梅的账户上，第二天她一分钟都不敢耽搁，驱车挨家挨户把补助金交到"红嫂"及"红嫂"的后代的手上。

个人的热情再高涨，力量也是薄弱的。在拥军的过程中，于爱梅从不计较个人得失，甚至不惜花费自己的退休金，她每年用于拥军的个人花费都在万元以上。为吸引更多爱心人士参与到拥军队伍中来，2008年，于爱梅连续跑了整整四天，走了近20家企业，发动9家企业加入拥军行列。有了企业的加入，拥军力量壮大了，沂南县红嫂拥军协会也应运而生，从此，沂南县的拥军优属队伍越来越壮大。2009年春节前，于爱梅联合县内热心女个体企业家，又到临沂军分区进行拥军，向军分区官兵赠送食品、日用品80余箱，受到部队官兵热烈欢迎。

离岗后，她发现很多学生的父母忙于工作，无暇管顾孩子，学生的学业没人辅导，生活缺少照料。于是，她就把从教师岗位退休的姐夫、当教师的女儿等家里人召集起来，自费买来桌椅，腾出家中房屋，组成一个家庭义务帮教小组。几年来，受益的孩子有150多人。

于爱梅还长期担任换于红军小学、将军小学的志愿辅导员，把关爱青少年成长当作责任担当。她经常走进校园，与学生聊

于爱梅（右一）

天，给学生讲述战斗故事，帮助学生树立正确的世界观、人生观和价值观。她组织学生到烈士陵园扫墓，到王换于故居、沂蒙红嫂纪念馆进行入队、入团宣誓，指导学生到老革命、老红嫂家中进行慰问，帮老人们打水扫地，让学生近距离接触英模人物，感受沂蒙精神，培养爱心和责任感。她还建议县关工委建立"四点半"学校，解决留守儿童下午放学后失管失教问题。

2011年，山东省党性教育基地沂南教学点成立，于爱梅主动提出做义务讲解员。作为"沂蒙母亲"王换于的后代，她在红嫂纪念馆为全省乃至全国党员领导干部做义务报告3000

多场，在沂南党性教育基地展馆内为大、中、小学生及游客讲述革命故事无数次。她的事迹报告感人肺腑、影响深远，成为沂南党性教育基地的突出亮点，许多党员、干部、学生被老一辈的革命事迹感动得泪流满面。他们直观感受到了革命战争年代沂蒙山区密切的党群关系，以及军民鱼水深情，从而坚定了跟着共产党走的信念。

为了更好地传承弘扬沂蒙精神，于爱梅先后组织成立沂蒙红嫂拥军协会、沂蒙精神传承促进会。2017 年，沂蒙精神传承促进会在上海、德州、深圳等设立了分会，进一步挖掘社会资源，弘扬沂蒙精神，让更多的人成为沂蒙精神的传承者、弘扬者和践行者。沂蒙精神在全国遍地开花结果。

参考文献

[1] 临沂地区史志办公室编：《临沂百年大事记》，山东人民出版社 1989 年版。

[2] 李佩芝、王冠卿主编：《沂蒙革命斗争史略》，广西人民出版社 1992 年版。

[3] 徐东升等著：《沂蒙精神与社会主义核心价值体系研究》，中央文献出版社 2012 年版。

[4] 韩延明主编：《红色文化与社会主义核心价值体系研究》，人民出版社 2013 年版。

[5] 魏本权、汲广运著：《沂蒙红色文化资源研究》，山东人民出版社 2014 年版。

[6] 临沂市关心下一代工作委员会组编：《沂蒙精神代代传——党史国史青少年教育简明读本》，教育科学出版社 2014 年版。

[7] 临沂大学马克思主义学院编：《高校思想政治理论课教学案例集——沂蒙精神代代传》，高等教育出版社 2015 年版。

[8] 中共临沂市委党史研究室、沂蒙革命纪念馆编：《中共沂蒙根据地党史大事记》，济南出版社 2016 年版。

[9] 中共临沂市委党史研究室编著：《中共沂蒙党史人物（全 2 册）》，中共党史出版社 2016 年版。

[10] 王厚香著：《沂蒙精神故事读本》，江西人民出版社 2016 年版。

[11] 苑朋欣著：《沂蒙精神溯源研究》，山东人民出版社 2017 年版。

[12] 徐东升、汲广运主编：《沂蒙精神研究》，山东人民出版社 2017 年版。

[13] 汲广运、王厚香编：《沂蒙精神的地域文化渊源研究》，山东人民出版社 2017 年版。

[14] 孙海英、陈永莲著：《沂蒙精神与临沂革命老区跨越式发展研究》，山东人民出版社 2017 年版。

[15] 徐东升、孙海英、叶桉著：《中国共产党革命精神研究》，山东人民出版社 2017 年版。

[16] 任刚主编：《沂蒙精神——"水乳交融生死与共"铸就伟大力量》，中共中央党校出版社 2018 年版。

[17] 徐东升等编著：《沂蒙精神故事选》，济南出版社 2018 年版。

[18] 徐东升等著：《马克思主义群众观视域下的沂蒙精神研究》，人民出版社 2019 年版。

[19] 李高东著：《沂蒙精神与新时代全面从严治党研究》，山东人民出版社 2019 年版。

[20] 王春梅、方艳编著：《沂蒙红嫂故事选》，济南出版社 2019 年版。

[21] 中共山东省委党史研究院、中共临沂市委党史研究院编：《沂蒙精神志》，山东人民出版社 2019 年版。

[22] 中共山东省委党史研究院（山东省地方史志研究院）、中共临沂市委党史研究院（临沂市地方史志研究院）编：《沂蒙红嫂志》，新华出版社 2021 年版。

[23] 徐东升、孙海英主编：《沂蒙红色文化符号》，九州出版社 2021 年版。

[24] 徐东升、汲广运主编："沂蒙精神与新时代党的建设"丛书，山东人民出版社 2022 年版。

后　记

　　《丛书》的编纂，是在山东省委宣传部直接领导下完成的。省委常委、宣传部部长白玉刚同志统筹策划部署，并担任编委会主任，多次主持召开编委会会议，提出明确目标要求和指导意见。省委宣传部分管日常工作的副部长、省文明办主任、省新闻办主任袭艳春同志对本书的立项出版、风格设计等方面提出了许多宝贵意见。在魏长民、毕司东、程守田、张同海、冷兴邦等同志的大力指导支持下，以教育部人文社科重点研究基地山东师范大学齐鲁文化研究院为学术挂靠单位，组建了《丛书》编纂学术委员会，具体负责编纂工作。山东师范大学特聘资深教授王志民任主任，山东大学儒学高等研究院教授杨朝明、中共山东省委党史研究院原一级巡视员韩延明、鲁东大学原副校长刘焕阳任副主任，全省相关高校、科研单位的15名学者为委员。

　　编纂过程中，《丛书》被列为山东省社科规划3个重大委托项目和16个一般项目。杨朝明为传统文化重大项目组首席专家，韩延明为红色文化重大项目组首席专家，刘焕阳为河海文化重大项目组首席专家。编委会经反复研讨，制定了《编撰体例》《编撰指导意见》；在省委宣传部支持下，采取主任统一领导与首席专家具体负责相结合的方式，认真落实各卷主编为质量第一责任人、首席专家和学术委员为主要质量把关人的运作机制；多次召开线上与线下、全体与分组相结合的研讨会，对提纲设计、样稿研讨、通稿审稿等关键环节，深入研讨、反复审议，编委会与全体编纂人员团结合作、齐心协力，付出了艰辛劳动。山东文艺出版社提前介入，对编纂工作和撰稿体例等提出了许多宝贵意见。在此，我们谨向为《丛书》编纂付出心血的各位领导、专家、作者和所有相关同志们表示诚挚感谢！

本册编纂，得到首席专家韩延明教授和学术委员汲广运教授、章猷才教授、田同军教授、李金陵教授、吕志俊教授的悉心指导，并得到中共临沂市委宣传部的大力支持。书中图片主要选自李文明、陈庆堂、张晓梅合著的《沂蒙精神图片史》。主编徐东升教授（临沂大学沂蒙文化研究院院长）全面负责本册的编纂工作，陈三营、刘慧、李高东、陈永莲任副主编。具体撰写工作由徐东升、孙海英、王春梅、刘慧、陈三营、白春霞、李高东、陈永莲共同完成。

由于水平和条件所限，不妥之处在所难免，欢迎有关专家和广大读者批评指正。

编者

2023 年 8 月